Sara Kadefors

Billie

alle zusammen

Sara Kadefors

Billie

alle zusammen

Aus dem Schwedischen
von Lotta Rüegger

Urachhaus

Die Originalausgabe erschien unter dem Titel
Billie: Alla tillsammans
bei Bonnier Carlsen Bokförlag, Stockholm.

Die Übersetzung dieses Buches wurde durch die freundlich gewährte Förderung des Swedish Arts Council unterstützt.

ISBN 978-3-8251-5166-9

Erschienen 2018 im Verlag Urachhaus
www.urachhaus.de

Umschlaggestaltung: Lena Thunell
Umschlagillustration: Gloria Bernardsson
Die Veröffentlichung in deutscher Sprache wurde mit
Bonnier Rights, Stockholm, vereinbart.
Gesamtherstellung: CPI books GmbH, Leck

1

Ich denke daran, wie es früher war. Damals wusste ich nicht, dass es ein braunes Haus in einem Ort namens Bokarp gibt, einen Jungen namens Alvar, der Tonklumpen in Kunst verwandeln kann, und ein Mädchen namens Tea, das Schminkvideos hinter verschlossener Tür dreht. Ich hatte noch nie etwas von ihrer Mutter gehört, einer Pfarrerin namens Petra, die man mag und auch wieder nicht, oder von ihrem Vater Mange, der mit fröhlicher Stimme spricht, selbst wenn er gar nicht froh ist. Ich wusste auch nicht, dass sie früher einmal einen kleinen Jungen hatten, der auf die Straße rannte und starb. Und ich wusste nichts davon, wie still es danach in dem braunen Haus wurde. Nichts wusste ich. Ich bin da einfach hereingeplatzt, und plötzlich war das alles mein Leben. Die Straßen waren meine Straßen. Das hässliche Haus war mein Zuhause, die komische Familie war meine Familie. – Da gewöhn ich mich nie dran. Aber es funktioniert trotzdem.

Ich singe, so laut es nur geht, ohne darüber nachzudenken, dass die anderen ganz leise reden. Ich renne die Treppe hinunter, obwohl man stolpern und sich verletzen kann. Ich mische mich in Gespräche, obwohl man warten soll, bis man an der Reihe ist, nehme mir Nachschlag, ohne um Erlaubnis zu bitten, mache Flecken auf das hellgelbe Handtuch, kleckere Marmelade auf das Tischtuch, kaufe Süßigkeiten an einem ganz normalen Dienstag, tanze, bis die Wohnzimmerlampe von der Decke fällt, widerspreche, protestiere, hinterfrage, will über Abtreibung, Pädophilie oder Terrorismus diskutieren. Ich mache ihnen das Leben schwer. Aber sobald sie mich sehen, erhellen sich ihre Gesichter. Wenn ich mein Zimmer verlasse, geht sofort irgendwo eine Tür auf, und es kommt jemand angerannt. Sie fragen, ob ich dieses oder jenes mit ihnen unternehmen möchte. Sie wollen mir Sachen zeigen, Geheimnisse anvertrauen oder mich irgendwohin mitnehmen.

Ausflüge mit dem Auto gehören zu jenen Dingen, die in meinen ersten zwölf Lebensjahren nicht stattfanden. Mama hatte nie ein Auto und ist am liebsten zu Hause. Im Leben der Familie Persson sind mindestens zwei Ausflüge monatlich angesagt.

Heute fährt die ganze Familie in die Stadt, um »zwei Fliegen mit einer Klappe« zu schlagen, nämlich mir eine Jacke zu kaufen und dann ins Café zu gehen. Seit ich meine alte Winterjacke aus einem Stockholmer Secondhandladen aus dem Schrank geholt habe, betrachtet mich Petra mit besorgtem Blick. Ich habe ihr schon tausend Mal erklärt, dass die Jacke warm ist und jetzt perfekt passt, weil sie letztes Jahr zu groß war, aber es ist zwecklos. Also spiele

ich mit und setze eine fröhliche Miene auf. Mir ist es weniger wichtig, *gegen* eine neue Jacke zu sein, als ihnen, *für* eine solche zu sein.
Im Auto herrscht gedrückte Stimmung. Alle schauen missmutig zum Fenster hinaus. Als wären sie nur dabei, weil sie müssten. Um das Schweigen zu brechen, schlage ich vor, ein Lied zu singen, das wir grade im Chor einüben. Petra findet die Idee gut. Ich versuche mit möglichst viel Gefühl zu singen. »*Soon and very soon we are going to see the King, soon and very soon we are going to see the King …*«
Tea weist darauf hin, dass ich meinen Ton nicht halte – nicht, um gemein zu sein, sondern nur zur Information.
»Vielleicht macht es ja Billie traurig, wenn du das so sagst«, meint Petra.
»Ich bin nicht traurig«, erwidere ich. »Bevor ich im Chor angefangen habe, habe ich noch nie Gotteslieder gesungen, also wäre es komisch, wenn ich das jetzt schon so gut könnte.«

Die »Stadt« besteht aus einer Fußgängerzone mit quadratischen Pflastersteinen. Die wenigen Läden, die dort sind, gibt es zu Hause in Stockholm millionenfach. Es ist zwar erst November, aber ein eisiger Wind fährt uns unter die Kleider. Die Erwachsenen hatten recht, eigentlich bräuchte ich Handschuhe. Aber kann ich was dafür, dass ich mich wie in einem Käfig fühle, wenn ich Mütze und Handschuhe trage?

Wir bewegen uns als lockerer Trupp vorwärts. Alvar und Tea wollen entweder voraus- oder hinterhergehen, als wäre es ihnen unangenehm, mit den Eltern zusammen gesehen zu werden. Also springe ich ein und gehe neben Petra und Mange, damit sie sich nicht wie komplette Versager fühlen. Glücklicherweise gibt es nur zwei Kleiderläden für Leute in meinem Alter. Sobald ich etwas anprobiere, wollen alle ihre Meinung sagen. Mange findet, dass ich die bequemste Jacke nehmen soll, Petra sagt, je länger die Jacke, desto besser, Alvar meint, dass mir Rot steht, und Tea findet die hüftkurze am coolsten. Ich merke, dass jetzt richtig miese Stimmung aufkommt – und alles nur, weil ich eine Jacke kaufen soll, die ich nicht brauche.
»Warum ist es so wichtig, wie ich aussehe?«, frage ich.
»Es ist nicht wichtig«, sagt Petra und klappt meine dicke Kapuze hoch.
»Aber dann kann ich doch die alte tragen.«
»Wir wollen doch bloß, dass du dir gefällst«, antwortet sie.
»Aber ich *gefalle* mir ja«, erwidere ich. »Gefalle ich euch nicht?«
»Doch«, sagt Mange. »Natürlich gefällst du uns.«
»Aber dann brauche ich doch keine neue Jacke.«
»Wir wollen euch nicht ungleich behandeln«, sagt Petra. »Du sollst genauso hübsche Sachen haben wie Alvar und Tea.«
»Ihr wollt einfach nicht, dass ich wie ein armes Pflegekind aussehe. Ist das der Grund?«

Petra sieht sich nervös um.
»Jetzt kaufen wir eine Jacke, ob du willst oder nicht.«
Da kapiere ich's endlich. Es geht gar nicht um mich, sondern darum, was andere über *sie* denken. Damit bloß niemand glaubt, dass sie ihre eigenen Kinder verwöhnt und mich vernachlässigt. Das würde ja bedeuten, dass sie ein schlechter Mensch wäre, und nichts läge ihr ferner.
»Okay, dann nehme ich die teuerste.«
Petra geht mit der Daunenjacke unter dem Arm lächelnd zur Kasse. Ich folge ihr.
»Und ich musste von meinem Ersparten dazulegen, als ich eine teure Jacke wollte«, murmelt Tea.
»Moment mal …« Ich bleibe stehen. »Soll ich auch noch *bessere* Sachen als Tea und Alvar haben? Außerdem will ich echt nicht wie ein verzogenes Gör vom Stureplan aussehen.«
»Stureplan?«, fragt Tea.
»Was machst du da drüben?« Petra winkt Mange zu, der in einiger Entfernung auf seinem Handy rumtippt. »Merkst du gar nicht, dass hier totales Chaos herrscht?«
»Nein«, sagt er.
Um die Stimmung zu heben, erzähle ich, wie das »totale Chaos« in meiner Welt aussieht. Als meine Mutter beispielsweise im Blumenladen in eine Glasvitrine fiel. Dabei warf sie alle Blumenvasen um und zerschmetterte das Glas, sodass die Scherben wie ein Glitzerregen auf die Blumen rieselten. Der Blumenhändler rief die Polizei,

und ich musste immer wieder von Neuem erklären, dass Mama nicht blau war, sondern ihren Körper wegen ihrer Krankheit nicht so ganz im Griff hat. Als dann schließlich die Polizei auftauchte, lag Mama kichernd auf dem Boden, während der Blumenhändler und ich die Scherben aufsammelten.

Ich lache beim Erzählen, aber die Familie Persson steht wie festgewurzelt da und starrt mich an. Sie haben wirklich keinen Humor.

»Triffst du deine Mutter bald mal wieder?«, erkundigt sich Tea vorsichtig.

»An Weihnachten«, antworte ich.

Alvar wirft Petra einen beunruhigten Blick zu. Und dann mir. »Ja, feierst du denn nicht mit uns?«

»Nein, an Weihnachten bin ich bei Mama. Jetzt aber weg hier. Sonst sterbe ich vor Langeweile.«

Einige Zeit später betrete ich die alte Konditorei – ohne eine neue Winterjacke, aber mit ein paar neuen, festeren Sneakers in einer Tüte. Sie sind verdammt schick, aber nicht so warm wie diese Gore-Tex-Stiefel, die mir Petra und Mange gerne gekauft hätten. Tea hat mir »Hass auf Gore-Tex« ins Ohr gezischt. Ich habe ihr einen High Five gegeben.

Wir dürfen nehmen, was wir wollen, nur nicht Torte. Alvar kann sich nicht entscheiden, wählt zuerst ein Marzipanteilchen und wenige Sekunden später stattdessen einen Kopenhagener. Ich nehme so ein Plundergebäck mit gelber Creme in der Mitte, das meine Mutter »Omas Husten« nennt, was ich den Perssons natürlich nicht erzähle, weil sie das vermutlich eklig fänden.

Wir setzen uns an einen Tisch am Fenster. Alles wirkt ziemlich altmodisch, vielleicht weil auf unserem Tisch eine Vase mit einer rosa Plastikblume steht. Mange schwafelt darüber, welche Limosorten ihm als Kind am besten geschmeckt haben. Petra scheint mit ihren Gedanken woanders zu sein. Als sie nach ihrem Marzipanteilchen greift, streift sie Manges Hand. Mir kommt es vor, als wäre sie zusammengezuckt, aber ich bin mir nicht sicher. Man kann doch nicht ewig sauer sein.

Tea erkundigt sich nach dem Stureplan. Ich weiß eigentlich auch nur, dass an diesem Platz viele teure Läden und Restaurants liegen und dass die jungen Frauen da Handtaschen mit sich rumtragen, die circa dreißigtausend Kronen kosten. Tea möchte wissen, wo alle die Knete herhaben, und ich antworte, vielleicht von den Eltern, oder sie besitzen eine Firma. Tea sagt, dass sie später einmal auch am Stureplan abhängen wird.

»Und was willst du da machen?«

»Einfach nur chillen«, antwortet Tea und lehnt sich zurück. Sie legt zwei Finger an die Lippen und tut, als würde sie ganz cool an einer Zigarette ziehen.

Mange lacht, klingt dabei aber nicht froh.

»Und warum glaubst du, dass es denen so viel besser geht als uns?«, erkundigt sich Petra.

»Aber Mama, warum glaubst du denn, dass es *uns* so viel besser geht? In *Bokarp*?«

»Geld macht auch nicht glücklicher«, sagt Mange mit Überzeugung. Er schaut zu Petra hinüber, ob er auch das Richtige gesagt hat. Aber sie scheint ihn nicht gehört zu haben.

»Eine Familie zu haben, die einen liebt, macht glücklich«, fügt er hinzu und tupft mit der Serviette einen Kaffeefleck weg.

»Leute mit Knete können aber auch geliebt werden«, wende ich ein. »Geht es denen dann nicht besser als solchen, die geliebt werden und kein Geld haben?«

Obwohl ich ganz offensichtlich recht habe, weigern sie sich, mir zuzustimmen. Mange und Petra beginnen eine Diskussion darüber, was einen Menschen glücklich macht. Ich verstehe nicht ganz, warum sie so verärgert klingen, obwohl sie eigentlich einer Meinung sind. Petra entscheidet, dass man nicht festlegen kann, was einen Menschen glücklich macht, weil das »individuell« sei.

Mange erhebt sich und sagt, dass er noch einige Dinge erledigen muss. Er küsst Petra hastig auf die Wange. Sie sieht ihn erstaunt an. Dann macht er sich mit einem Grinsen auf den Weg, aber als ich ihn durchs Fenster auf der Straße sehe, ist das Grinsen weg.

Tea trinkt ihre Cola aus, dann fällt ihr ein, dass sie sich noch in einem Laden in der Nähe Handyschalen anschauen will. Petra bricht gleichzeitig auf, um noch schnell »etwas« zu

erledigen. Alvar und ich bleiben alleine zurück. Haben sie plötzlich ihren Grundsatz vergessen, dass man als Familie zusammenhalten soll?
Wir schauen einander an. Alvar schiebt seine Hand in die Hosentasche und zieht einen Hunderter hervor. Der reicht für zwei Teilchen und eine gemeinsame Limo.

2

Der Kunstunterricht war noch nie mein Ding. Meine Hand verwandelt sich in einen starren Klumpen, sobald sie etwas zeichnen soll. Ich schiele zu den anderen hinüber und versuche, sie nachzuahmen, aber ich begreife einfach nicht, wie sie's machen. Mein Selbstporträt gleicht einem verrückten Troll.

»Ich habe null Talent. Kommt her! Schaut euch das an!«

Meine Mitschüler scharen sich um mich und biegen sich vor Lachen. Evin verkündet, dass sie meine Zeichnung kopieren und dann in der Schule verteilen wird, damit die anderen auch ihren Spaß haben. Unser Kunstlehrer Alf versucht, Positives an meiner schrecklich lausigen Zeichnung zu entdecken. Er legt sein Gesicht in Falten und kratzt sich mit seinem Bleistift am Kopf.

»Es ist ... wie soll ich sagen ... schön, dass du ...«

»Es ist *scheußlich*! Warum sagen Sie's nicht einfach?«

»Hier geht es nicht um gut oder schlecht, Billie.«

»Aber das sieht ja aus wie von einer Dreijährigen!«

Alf hat keine Lust, mir zuzustimmen. In irgendwelchen Vorschriften steht bestimmt, dass die Lehrer ihren Schülern Mut machen sollen. »Du könntest sicher noch mehr

daran arbeiten, aber ich finde trotzdem, dass du da einer Sache auf der Spur bist.«
Er dreht sich zur Seite und schaut Alvar über die Schulter. Sein Atem beschleunigt sich, und ich befürchte schon, dass er einen Krampf bekommt.
»Aber das hier ... Alvar ... ist ja ganz ...«
Er nimmt das Blatt in die Hand, spricht über »sensible Linien« und wie er »mit recht einfachen Mitteln seinem Charakter Ausdruck verleiht«. Ich bin da vollkommen seiner Meinung. Es ist unglaublich, wie man mit so wenigen Strichen so viel Ähnlichkeit hinbekommt.
Alvar selbst ist knallrot im Gesicht. Ich finde, er sollte seine Sachen öfter zeigen. Ist das nicht überhaupt der Sinn der Kunst, dass andere Menschen sie anschauen? Will man damit nicht etwas ausdrücken? Jedenfalls habe ich mir das immer so vorgestellt.
Wir sprechen auf dem Heimweg darüber.
»Es macht mir halt einfach Spaß«, sagt er. »Einen anderen Grund gibt es nicht.«
»Ich glaube, du versteckst dich, weil du Angst hast.«
Seine Lippen machen ein Geräusch. »Ich habe keine Angst.«
»Doch, du traust dich nicht zu zeigen, wer du bist.«
»Warum sollte ich mich nicht trauen?«
»Weil du vielleicht glaubst, dass dich die Leute dann nicht mögen.«
Alvar geht schneller. Dieses Thema gefällt ihm gar nicht.
»Soll ich etwa Selfies machen oder live aus dem Gartenhäus-

chen senden?«, brummt er verärgert. »Und meine Sachen zur Schau stellen, damit sie von den Leuten in einer App … bewertet werden können?«
»Nein, aber man kann sich doch ab und zu klitzekleinen Herausforderungen stellen!«
Empört schüttelt er den Kopf. »Ahhh! Kapierst du nicht, dass mir Herausforderungen egal sind? Kapierst du nicht, dass wir da unterschiedlich sind?«
Aber ich bin mir nicht sicher, ob er recht hat. Manche Leute wählen immer den einfachsten Weg, um sich unangenehme Gefühle zu ersparen. Die brauchen dann vielleicht jemanden, der sie auf andere Gedanken bringt und ein bisschen Druck macht. Ich könnte locker dieser jemand sein, diese *Druckmacherin.* Vielleicht geschähen dann ja die fantastischsten Dinge. Es gibt nichts Besseres als fantastische Dinge.

In der nächsten Kunststunde sage ich laut und für alle hörbar, dass ich Alvar hundert Kronen gebe, wenn er mich abzeichnet. Widerstrebend nimmt er die Herausforderung an. Das Porträt wird *so* gut. Sein Bild enthält viel mehr von mir als ein Selfie. Ich scherze, dass seine Bilder später einmal schrecklich wertvoll sein werden und dass ich seine Zeichnung nach der Schule zu Hause gleich einrahme. Im nächsten Augenblick drängeln sich alle um Alvar und wollen ihre Bestellungen aufgeben. Er ist gleich sehr gestresst, und sein Atem beschleunigt sich, aber da fällt mir der Begriff »positiver Stress« ein. Das wird es wohl sein.

Sogar Douglas will abgezeichnet werden. Das freut mich und erstaunt Alvar. Douglas sagt zwar keine gemeinen Sachen mehr, aber ein ganz neuer Mensch ist er natürlich nicht, jedenfalls nicht in der Schule. Jetzt sitzt er vollkommen reglos vor Alvar und lässt sich abzeichnen. Seine Wangen haben kleine, weiche Härchen und seine Augen schauen so ernst, dass man sich auf ewig in ihnen ausruhen will. Seine Hände liegen entspannt nebeneinander auf seinen Knien, als könnten sie keiner Fliege etwas zuleide tun.

Am Abend kommt Larissa zu uns nach Hause, um sich abmalen zu lassen. Mange kann nicht verbergen, wie sehr ihn das freut.

»Oh, wie schön!«, ruft er und will gleich einen warmen Kakao kochen.

Ich versuche, ihm mit den Augen zu verstehen zu geben, dass er sich mal beruhigen soll. Komischerweise scheint er mich sofort zu verstehen und macht sich dünn. Ich schleiche ihm hinterher und sehe ihn ruhelos durchs Haus gehen und kleinere Dinge erledigen. Wahrscheinlich sehnt er sich nach Gesellschaft. Petra arbeitet bis spät abends, und wir anderen sind lieber miteinander als mit ihm zusammen. Ich sollte wirklich zu ihm gehen und ihm Gesellschaft leisten, statt mit Alvar und Larissa abzuhängen. Aber so lieb bin ich heute nicht.

Draußen im Gartenhäuschen holt Alvar seine Farben hervor, während ich mich auf das Stockbett lege. Dann setzt er

den Stift an und betrachtet Larissa eingehend. Sein Blick macht sie verlegen, aber er merkt das gar nicht. Ihm fällt nicht auf, dass sich ihr Hals rötet und ihr Blick herumirrt. Ihm fällt auch nicht auf, dass sie ihn ganz anders anschaut als die Mädchen normalerweise. Sie hält sich die Hand vor den Mund.
»Tut mir leid! Ich kann einfach nicht still sitzen. Dabei ist das doch ... also eigentlich ... keine Kunst.«
Eine Stunde später hält Larissa ein wunderbares Porträt in der Hand. Ich könnte kaum stolzer sein, wenn ich es selbst gemacht hätte.
»Wow«, sagt Larissa.
Alvar ist wieder ganz der Alte, der Schüchterne, der sich auf Abstand hält.
Larissa zieht einen Hunderter aus der Tasche. Er will ihn nicht annehmen und sagt mit abgewandten Augen, dass es ein Geschenk ist. Da umarmt sie ihn ungelenk. »Danke«, sagt sie zu seinem Genick. Ich komme mir vor wie eine Spionin.
Mit hochrotem Gesicht räumt Alvar seine Farben weg. Larissa starrt wie verhext seinen Rücken an. Sie sieht aus, als wollte sie mehr von ihm, viel mehr. Das ist erst der Anfang, das spüre ich ganz deutlich.

3

Manchmal ist Douglas in dem braunen Haus zu Besuch. Vielleicht wünscht er sich ja, es wäre wie früher, als das Haus sein zweites Zuhause war. Aber Petra wirkt immer noch nicht ganz natürlich, wenn sie mit ihm spricht. Vielleicht fällt es ihr schwer, so zu tun, als hätte sie sich nie mit Douglas' Vater, ihrem Bruder, zerstritten. Vielleicht brauchen sie einfach noch mehr Zeit, um wieder Freunde zu werden. Fanny aus meiner alten Klasse war ein halbes Jahr lang sauer auf Nadja, weil Nadja sie einmal bezüglich ihrer Wochenendpläne belogen hatte.

Wenn Douglas bei uns ist, isst er Butterbrote oder schaut fern. Er und Alvar reden nur ganz wenig miteinander. Ich versuche, beiden Platz in meinem Leben einzuräumen. Manchmal liegen wir zu dritt in meinem Zimmer und schauen uns eine Serie an. Mir ist klar, dass beide mit mir alleine sein wollen, aber ich kann nicht einfach einen von ihnen abservieren. Wenn die Folge zu Ende ist, bleiben beide noch da. Ich zeige mich von meiner nervigsten Seite, höre viel zu laut Michael-Jackson-Songs oder gehe hinaus und lasse sie allein zurück. Dann gehe ich aufs Klo und warte ziemlich lange ab. Stelle mir vor, dass sie inzwischen vielleicht Freunde werden. Aber so einfach ist es nie. Wenn ich zurückkomme, sitzen sie schweigend da und warten darauf, dass ich sie weiter unterhalte. Was denn sonst?

Alvar weiß nicht, dass Douglas und ich uns drei Mal geküsst haben. Was würde er wohl sagen, wenn er wüsste, dass Douglas Gefühle in mir weckt, die ich vorher nicht gekannt habe? Und was würde *Douglas* denken, wenn er davon wüsste? Und was ist, wenn es ihm ebenso ergeht? Was wäre dann?

Verliebt zu sein, ist nicht so mein Ding. Es ist anstrengend, so viel an jemand anderen zu denken. Es gibt schon genug Leute in meinem Leben, an die ich denken muss. Da bin ich selbst, dann ist da Mama und die Familie Persson und Evin. Manchmal denke ich an den Hund, der angeleint auf dem Marktplatz im Regen stand. Ich überlege mir, ob ihn schließlich jemand geholt hat oder ob er immer noch dort steht. Es gibt einfach nicht unendlich viel Zeit. Nervig ist, dass die Gedanken an Douglas sich vor alle anderen Gedanken schieben. Ich will die ganze Zeit an ihn denken, und ständig frage ich mich, wo er wohl ist, viel mehr als bei dem Hund. Ich überlege mir, was er gerade denkt. Ich überlege mir, ob er gerade an *mich* denkt. Wie ego darf man eigentlich sein?

Ich renne über den Schulhof und schwinge mich aufs Fahrrad. Douglas wartet ein Stück weiter weg auf mich, damit die Leute nicht über uns reden. Evin hat vorgeschlagen, in ihrer Küche *Slime* herzustellen, und Wilma wollte, dass ich ihr beim Kochen helfe. Ich habe gesagt, ich hätte andere Pläne. Ich und Douglas radeln nebeneinander zu ihm nach Hause. Wir radeln immer nebeneinander, Douglas und ich. Es ist uns egal, wenn die Autos hupen. Wir lachen über Dinge, die wir sehen, und Menschen, die uns begegnen. Es ist kaum zu glauben, wie viel Fantasie Douglas hat.

In seiner Wohnung essen wir Spiegeleier, Eis, Kekse und Lakritze. Wir stehen am Fenster und beobachten ein Drama, das sich zwischen einer älteren Frau und einigen Leuten aus unserer Schule abspielt. Wir malen uns aus, was sie zueinander sagen. Ich spiele die Frau und Douglas die Kinder. Die Szene endet damit, dass die Frau ihnen droht, sie nach Einbruch der Dunkelheit heimzusuchen, mit ihrem Skistock zu erschlagen und sie dann auf der öffentlichen Feuerstelle im Wald zu verbrennen. Douglas spielt die Kinder mit so lautem Geschrei, dass der Nachbar von oben auf den Boden hämmert. Wir lachen uns halb tot.

Am Computer befreie ich mich aus meinem dicken Pulli, damit mein nackter Arm den seinen berührt. Es gibt nichts Besseres. In meinem Körper kribbelt es, wenn ich seine weiche Haut spüre. Wir schauen uns YouTube-Clips mit Hiphop-Stars an, von denen ich noch nie gehört habe. Ich zeige ihm Teas neuestes Schminkvideo. Douglas hat sie noch nie als Miss Pinky gesehen. Er meint, dass es ihr vielleicht nicht so gut geht, klingt dabei aber nicht gemein. Er wirkt eher besorgt. Wusst' ich's doch, dass er nicht so ist, wie alle den-

ken. Plötzlich wendet er mir sein Gesicht zu und gibt mir einen Kuss auf den Mund. Seine Lippen sind weicher als die Haut auf seinem Arm und er riecht noch angenehmer als Himbeeren.
»Willst du mit mir zusammen sein?«
Meine Beine fangen an zu zittern, aber das ist nicht zu sehen.
Teas Stimme schallt aus dem Computer: »*Und dann trägst du einen Bronzer auf, aber wenn du keinen Bronzer magst, geht's genauso gut mit Rouge. Ich bevorzuge ein mineralisches Rouge, weil es einen viel natürlicheren Look verleiht* ...«
»Ich mag dich«, sage ich.
Sein intensiver Blick lässt mich nicht los. Seine hellen Stachelfransen fallen ihm auf die Augenbrauen. »Aber ...?«
»Ich war noch nie mit jemandem zusammen.«
»Ich auch nicht.«
Ich denke daran, dass ich manchmal in den Wald laufen muss. Oder zum See hinunterradeln, alleine. Ich denke daran, dass ich mindestens zwei Stunden pro Tag alleine sein muss.
»Ich weiß nicht, ob ich das so gut könnte«, antworte ich.
Er klickt ein Spiel hoch. Die Figuren stapfen in Kampfmontur über das Display. Ein Mädchen mit Maschinenpistole hat einen riesigen Busen.
»Was macht man, wenn man zusammen ist?«, frage ich.
Er steht auf und geht in die Küche. Ich gehe hinterher. Er nimmt einen Saft aus dem Kühlschrank. Gießt sich ein.

Trinkt mit abgewandtem Gesicht. Das Haar in seinem Nacken wirkt feucht.
»Es ist doch gut so, wie es ist?« Ich versuche zu lächeln, damit er versteht, dass ich ihn total mag. »Ich meine bloß ... muss man die Dinge so festlegen?«
Er stellt das Glas ab und hebt die Kopfhörer an, die ihm um den Hals hängen. Setzt sie auf. Gleitet an mir vorbei. Als ich wieder ins Wohnzimmer komme, liegt er mit geschlossenen Augen auf dem Sofa. Ich betrachte ihn eine Weile, bevor ich zu ihm gehe und einen Hörer anhebe. Schwerer Hiphop dröhnt heraus.
»Ich werde mich nicht in einen anderen verlieben«, sage ich.
Er wirft mir einen wütenden Blick zu. »Warum willst du dann nicht mit mir zusammen sein?«
»Ich weiß nicht. Oder ... ich denk darüber nach.«
Er reißt den Hörer an sich. Schaut mich nicht mehr an. Sein Kinn bewegt sich im Rhythmus der Musik.

Auf dem Hof vor Douglas' Mietshaus sieht es aus wie in einem beliebigen Stockholmer Vorort. Ich winke einem Jungen aus der Parallelklasse zu, der mit Pudelmütze auf dem Kopf in der Nähe Skateboard fährt. Ich will mich gerade auf mein Fahrrad schwingen, da bleibt mein Blick an einem Menschen hängen. Ich kneife die Augen zusammen, um zu sehen, ob das wirklich Mange ist, der da aus einer Tür am anderen Ende des Hofes tritt. Es sieht ganz danach aus. Vielleicht hat er ja einem kranken Schüler einen Besuch abgestattet. Ich rufe seinen Namen und winke, aber er ist zu weit weg.

Auf dem Heimweg treffe ich ein Mädchen aus Teas Klasse und dessen Mutter, die aus China stammt. Die Mutter erzählt mir, dass Blogger in China ins Gefängnis geworfen werden. Ich stelle ihr mindestens zehn Fragen über China. Schließlich sagt die Mutter, dass das Eis in ihrer Einkaufstüte schmilzt, wenn sie es nicht zu Hause in den Gefrierschrank legt.

Als ich nach Hause komme, sehe ich, dass das Auto in der Einfahrt statt in der Garage geparkt ist. Mange steht bereits in der Küche, um das Abendessen zu kochen. Sobald er mich sieht, hellt sein Gesicht sich auf.

»Endlich kommt jemand!«

»Was hast du in Solkullen gemacht?«, frage ich.

Er öffnet den Kühlschrank. »Solkullen?«

»Ja.«

Keine Antwort. Er wühlt übertrieben lange im Gemüsefach. Schließt die Tür dann, ohne das Gesuchte gefunden zu haben.

»Ich bin da nur schnell vorbeigefahren, um bei einem Freund etwas abzugeben.«

»*Bei einem Freund*? Welchem Freund?«

Er sieht mich an, als hätte ihn meine Frage verunsichert.

»Was? Glaubst du, ich hätte keine?«

»Ich habe halt noch nie etwas von einem Freund gehört.«

»Er hat früher an der Schule gearbeitet.«

Meine Fragen sind gar nicht so abwegig. Mange und Petra verbringen ihre freie Zeit immer zusammen. Abgesehen von der Arbeit machen sie alles gemeinsam. Unglaublich, wie sie es ertragen, so viel Zeit mit ein und demselben Menschen zu verbringen. Aber vielleicht bin ich ja auch einfach nur ziemlich gestört.
Mange bittet mich, den Salat zu machen. Ich schäle die eingeschweißte Gurke aus ihrer Plastikhülle.
»Macht es Spaß, zusammen zu sein?«
Er legt das Hackfleisch in die Bratpfanne. »Wie meinst du das?«
»Macht es Spaß, zusammen zu sein?«
Mange zerteilt das Hackfleisch mit dem Pfannenwender. »Das ist lange her.«
»Aber du bist doch mit Petra zusammen?«
Er lacht kurz auf. »Petra und ich sind verheiratet. Das ist etwas ganz anderes.«
»Und, macht es Spaß?«
Ich schneide mehrere Gurkenscheiben, dann frage ich nochmals. »Macht es Spaß?«
»Manchmal«, antwortet er und schaltet das Radio ein.
»Muss man sich verändern?«, frage ich laut, um es zu übertönen.
»Wie?«
»*Muss man sich verändern, wenn man mit jemandem zusammen ist?*«
»Ja!«, brüllt er zurück.

4

Im Chor singen wir Weihnachtslieder. Weihnachtslieder sind so langsam, dass man Zeit hat, über viele andere Dinge nachzudenken. Seit wir uns über das Zusammensein unterhalten haben, sind ich und Douglas nicht mehr alleine gewesen, sondern haben uns nur Nachrichten geschickt. Die Nachrichten werden zu langen Dialogen mit lauter sinnlosen Worten. Der Frage weichen wir die ganze Zeit aus. Wenn wir uns sehen, hängt sie zwischen unseren Nasen in der Luft. Wartet er immer noch auf eine Antwort? Mit Ja zu antworten macht mir genauso viel Angst wie mit Nein. Wenn ich Ja sage, will er vielleicht mein ganzes Leben bestimmen. Wenn ich Nein sage, sucht er sich vielleicht eine andere. Bei dem Gedanken, ihn Händchen haltend mit einem Mädchen zu sehen, kriege ich fast die Panik. Mein Herz beginnt zu klopfen. Ich versuche, die Vorstellung zu verjagen, was mir aber nur schwer gelingt. Ich habe mir viel besser gefallen, als ich nicht verliebt war. Als ich *verschiedene* Gedanken im Kopf hatte. Als ich für alle Leute offen war. Jetzt ist es, als ob sich Douglas zwischen mich und alle anderen Menschen gedrängt hätte. Was, wenn ich mich jetzt in so eine langweilige Tusse verwandle, die sich nur noch

für ihren Freund interessiert? Oder wenn ich wie Petra und Mange werde, die einfach so zusammen sind, Monat um Monat, jahrein, jahraus? Der Horror.
Evin will wissen, was mit mir los ist, warum ich in letzter Zeit so ernst bin. Ich schiebe es auf Mama. Evin schaut mich besorgt an, sagt, meine Haare sähen total gut aus und meine neuen Sneakers seien voll cool. Ich erwidere, dass sie einfach die Süßeste ist und dass sie, wenn sie kein Pingpong-Weltstar wird, so eine Fernsehsprecherin werden kann, weil ihr Gesicht ständig so viele Gefühle gleichzeitig ausdrückt. Ihr Gesicht ist ein Gesicht, an dem man sich einfach nicht sattsehen kann. Evin umarmt mich und meint, das sei das Netteste, was je jemand zu ihr gesagt habe. Dann gehen wir zu ihr nach Hause und holen einen Kuchen aus dem Gefrierschrank, den wir dann viel zu lange in die Mikrowelle legen. Er zerfließt zu einer flachen Masse, die wie schwarzes Erbrochenes aussieht. Wir schaufeln ihn mit Teelöffeln in uns hinein und lachen wie verrückt. Das ist dann fast wie früher, aber eben nur fast. Als das Handy Pling macht, ist das Anstrengende und Verwirrende wieder da.

Wenn es Mama schlecht geht, singe ich ihr über Skype Gospels vor. Einer heißt »Joshua Fought the Battle of Jericho«, und ich versuche, sie dazu anzuregen, im Refrain »Jericho!« zu rufen, aber sie sagt, sie möge keine »Gotteslieder«. Ich antworte, man könne doch darauf pfeifen, dass es um Gott geht, und einfach trotzdem »Jericho!« rufen, aber Mama

will nur Michael Jackson singen und am allerliebsten »Billie Jean«. »*Billie Jean is not my lover, she's just a girl who claims that I am the one, but the kid is not my son ...*«
So langsam nervt es ein bisschen. Seit meiner Geburt hat sie diesen Song andauernd gesungen, und es gibt ja schließlich auch noch andere Sänger. Ich rede mit ihr über Rapmusik und spiele ihr Songs auf dem Handy vor, die ich bei Douglas gehört habe. Mama dreht wieder »Billie Jean« auf. Ich frage verärgert, ob diese Billie Jean überhaupt so wahnsinnig *nice* ist. Wenn man sich den Text anhört, will der Sänger ja keine Kinder mit ihr haben.
»Bist du aber nervig!«, sagt Mama.
»Ich meine ja bloß, weil ich nach ihr Billie heiße.«
»Ich muss zugeben, dass ich nicht so genau hingehört hatte, als ich dich Billie nannte. Und dann war es zu spät.« Sie beugt sich vor und küsst den Bildschirm. »Entschuldige, Liebling.«
Kein Psychologe würde mir abnehmen, dass ich Mama deswegen nicht böse bin. Aber die Sache ist so absurd, dass es schon wieder lustig ist.
Wir zählen die Tage, bis wir uns wiedersehen. Der Tischtennisclub nimmt in Stockholm an einem Wettkampf teil, und ich darf mitfahren, obwohl ich zu keinem Match antrete. Ich habe Mange erklärt, dass ich dieses Mal lieber Mama treffe, als Tischtennis zu spielen, also verbringe ich die erste Nacht mit dem Verein und die zweite Nacht bei Mama. Sie verspricht mir, dass wir Sushi und Thai-Food

essen und alles tun werden, was mir Spaß macht. Ich unterbreche sie, bevor sie Bowlen sagen kann.
Cecilia vom Jugendamt berichtet, Mama sei kränker als bei unserer letzten Begegnung.
»Du darfst nicht zu viel erwarten, Billie«, meint Cecilia.
»Ich erwarte, so viel ich will«, sage ich. »Ich liebe Erwartungen. Ich bin aus Erwartungen gemacht.«
»Auf jeden Fall bist du aus sehr strapazierfähigem Material gemacht«, sagt Cecilia mit einem Lachen. Im nächsten Augenblick ist sie aber wieder ernst. »Wenn es bei deiner Mutter nicht so gut läuft, kannst du mich anrufen, das weißt du.«
Jetzt bin ich es, die lacht.
»Du schaffst einfach alles, nicht wahr?«, meint Cecilia.
»Das weißt du doch!«
Ich und Mama reden nur noch davon, wie sehr wir uns nacheinander sehnen. Wir umarmen unsere Bildschirme mit unseren Gesichtern darin. Einen Moment lang habe ich den Eindruck, den Geruch ihres Micky-Maus-Pullovers einzuatmen. Ich kenne keinen Menschen, der gut riecht, selbst wenn er verschwitzt ist, außer Mama. Dann reden wir über die neueste Folge einer Serie, die wir seit vorgestern anschauen. Petra und Mange haben keine Ahnung davon, dass ich mir schon sieben Folgen heimlich unter der Bettdecke angeschaut habe.

5

Ganz plötzlich bin ich in der eisigen Kälte nach Solkullen geradelt. Das hat so circa drei Minuten gedauert. Ich musste megaviel an ihn denken, da war es einfach lebenswichtig, ihn zu treffen. Wie wild bin ich in die Pedale getreten. Aber auf dem Weg zu seiner Haustür sehe ich, dass er bei den Bänken auf dem Spielplatz steht und mit jemandem abhängt. Es ist Vanessa aus der 6B, »Vanessa mit dem Hintern«. Den Spitznamen hat ihr Evin einmal verpasst, weil die Jungs immer von ihrem schönen Hintern labern. Nichts ist in Bokarp wichtiger, als einen Hintern zu haben. Ohne Hintern ist man ein Niemand. Mein Hintern ist größer geworden, seit ich nach Bokarp gekommen bin, das merke ich an meinen Hosen, die enger geworden sind. Normalerweise wäre mir das total egal. Im Moment erscheint es mir wie ein Plus.

Douglas wirft den Kopf zurück und lacht. Sein Gelächter ist ein Messerstich in meinen Magen. Er kann sich doch nicht im Ernst für »Vanessa mit dem Hintern« interessieren? Sie hat drei Tonnen Schminke im Gesicht und macht hundert Selfies pro Tag. Ich will ja nicht lästern, aber ich bin doch wohl tausend Mal lustiger als sie!

Mit weichen Knien gehe ich auf sie zu. Douglas strahlt nicht unbedingt vor Freude. Er sieht mich fragend an, als würde er sich überlegen, was ich hier mache. Vanessa lächelt unaufrichtig. Was will sie von Douglas? Er nervt. Da wäre es doch schlauer, sich in Rasmus zu verlieben. Er ist total süß und sein Vater hat eine Ferienwohnung in den Alpen.

»Was macht ihr?«

»Reden«, antwortet Douglas.

»Jedenfalls voll krass ...«, sagt Vanessa.

Sie quatschen weiter, als wäre ich gar nicht da. Es geht um Leute, die ich nicht kenne, irgendeine Kayla, die weggezogen ist und mit der sie snapchatten. Sie lachen, als sie sich daran erinnern, wie Kayla die Schulreise nach Göteborg abgebrochen hat, um zu Hause mit ihren Barbies zu spielen. Da erzähle ich, wie meine Mutter die Füße meiner Barbie mit dem Küchenmesser abgesäbelt hat, weil sie fand, dass die Puppe voll idiotisch aussah. Ich weiß nicht, warum ich das erzähle. Ich höre ja selbst, wie komisch das klingt. Vanessa schaut mich an, als wäre ich total verrückt. Sie wirft Douglas einen Blick zu. Er kichert ganz kurz. Vanessa hält sich die Hand vor den Mund. Das Gelächter sprudelt zwischen ihren Fingern hervor.

Ich gehe. Zum Fahrrad. Schnell. Sehr schnell. Ich werde Mama anrufen, sobald ich zu Hause bin. Ich werde ihr erzählen, dass ich Bokarp hasse, dass ich die Tage zähle, bis ich nach Hause fahren darf, dass ich mich wie verrückt nach ihr sehne, obwohl sie dick und krank ist, und dass ich alle Jungs hasse, die machen, was sie wollen, ohne auf die Gefühle anderer Menschen Rücksicht zu nehmen. Ich werde rumjammern, wie »Vanessa mit dem Hintern« es täte, wenn man sie im Stich ließe. Wie jede x-beliebige Bokarpstussi.

Schritte hinter mir. Eine Hand, die mich am Arm packt. Ich schaue ihn nicht an. Setze eine gleichgültige Miene auf.

»Wo willst du hin?«, fragt er.

Den Fuß auf das Pedal. Douglas setzt sich auf den Gepäckträger, damit ich nicht losradeln kann.

»Hör auf«, sage ich.

»Bist du sauer?«

»Nein.«

Er legt die Arme um mich, von hinten. »Warum bist du einfach gegangen?«

Ich will kess und lustig sein. Ich will sagen, dass ich noch verabredet und in Eile bin, oder das Ganze mit einem Scherz abtun. Aber so gleichgültig zu tun, ist schlechter Stil.

Ich drehe mich um. Muss die Worte loswerden.

»Ich scheine dir ja ziemlich egal zu sein.«

»Wir waren mitten im Gespräch«, sagt Douglas. »Was machst du überhaupt hier?«

»Ich wollte dich besuchen. Und ...«

Vanessa kommt auf uns zu. Sie trägt glänzende Schuhe mit einem kleinen Absatz, die im Sommer vielleicht ganz passend wären, aber jetzt haben wir gerade mal fünf Grad. Die Schuhe sehen lächerlich aus. Überhaupt ist sie voll lächerlich. Ist es nicht lächerlich, einen tollen Hintern zu haben? Lächerlicher geht's kaum. Vielleicht ist sie ja in Douglas verknallt. Vielleicht sind sie ja schon zusammen. Meine Güte, wie lächerlich.

»*Was?*«, hakt er nach.

Ich will sie aufhalten, ihr in den Arm beißen, bis er blutet, ihr in den Hintern beißen, sodass sie monatelang nicht sitzen kann.

»Ich wollte dir sagen, dass ich mit dir zusammen sein will!« Damit ist es gesagt.

Douglas starrt mich erstaunt an. Dann grinst er bis zu den Ohren.

»Wir gehen zu mir«, sage ich schnell. »Ich fahr' dich! Komm!«

Er hebt die Füße an. Ich trete in die Pedale, als ginge es um mein Leben. Ich vermute, dass Vanessa dasteht und uns erstaunt hinterherschaut. Ihre Gefühle fahren in mich hinein, obwohl ich das nicht will. Shit, jetzt ist sie sicher traurig. Shit, jetzt findet sie mich sicher gemein. Ich bin einfach aufgekreuzt, habe die beiden unterbrochen und bin dann davongeradelt, ohne Tschüss zu sagen oder sie zu fragen, ob sie mitwill. Sie kann ja nichts dafür, dass die Jungs ihren Hintern toll finden. Wieso bin ich nur auf die Idee gekommen, ihr eins auszuwischen. Wieso bin ich ... egal!

Es ist viel zu kalt zum Fahrradfahren. Zu Petra und Mange sage ich immer, dass ich nie friere, aber das stimmt gar nicht. Als wir jetzt mit Douglas den Hang hinuntersausen, ist der Wind wie eine eiskalte Wand. Meine Knöchel leuchten knallrot.

»Huiiii!«, rufe ich. Aber es klingt irgendwie lahm.

Zu Hause angekommen, fangen wir an zu backen. Alles, was lecker und gerade da ist, drücken wir in den Teig: gefrorene Himbeeren, Puderzucker, Kokosflocken, Schokolade, Mandelmasse. Die lustigen Streusel von Alvars Geburtstagstorte. In Douglas' Haaren klebt Teig, und ich helfe ihm, diesen zu entfernen. Behutsam wische ich eine Strähne nach der anderen mit einem Handtuch ab. Unsere Gesichter sind nahe, nahe beieinander. Er atmet Wärme aus. Seine Augen. Dabei bin ich doch fast nie verlegen. Wir sitzen uns am Küchentisch gegenüber und warten darauf, dass die Kekse fertig werden. In Douglas' Stirnfransen hängt Puderzucker.

»Ist es für dich jetzt anders?«, frage ich. »Weil wir zusammen sind?«

»Ja«, antwortet er.

Wir lächeln. Wie konnte ich nur so lange brauchen, um mich für etwas zu entscheiden, was so wunderbar ist?

Ich schicke Alvar und Tea eine Nachricht, dass wir gebacken haben. Wenig später sitzen wir zu viert am Küchentisch und essen steinharte Kekse. Alvar und Douglas reden zwar nicht direkt miteinander, aber sie lachen gleichzeitig, wenn ich etwas Lustiges sage. Tea ist beeindruckt, weil ich es gewagt habe, die schöne Küche in ein Schlachtfeld zu verwandeln.

»So chaotisch war es hier noch nie«, sagt sie erfreut. »Ich finde es toll, dass du hier wohnst.«

»Ich finde es auch toll, dass ich hier wohne.«
Es ist so simpel. Ich hasse Bokarp überhaupt nicht. Ich hasse weder Douglas noch meine Gefühle für ihn oder was diese in meinem Kopf anrichten.
»Wir sind zusammen«, sage ich plötzlich.
»Was?«
Alvar starrt mich an. Ich zeige auf Douglas und dann auf mich. Tea wirkt entsetzt.
»Aber ... man kann doch nicht mit jemandem zusammen sein, mit dem man verwandt ist?«
»Wir sind doch gar nicht verwandt!«, antworte ich lachend.
»Nee, stimmt natürlich.«
Alvar nimmt seinen Teller, stellt ihn in die Spülmaschine und murmelt, dass er noch etwas zu »erledigen« hat. Tea verschwindet auf ihr Zimmer, um für einen Test zu lernen. Ich und Douglas tanzen zu »I Want You Back« mit den Jackson 5. Douglas macht coole Moves, seine Hände zeichnen Figuren in die Luft. Wir vergessen aufzuräumen, weil es so viele gute Songs zum Mittanzen gibt. Als Petra mit den müdesten Augen aller Zeiten nach Hause kommt, liegen wir auf dem Küchenboden und lachen uns über einen scheußlichen Tanz auf YouTube kaputt. Ihr Blick schweift über das Back-Chaos in der Küche.
»Entschuldige«, sage ich und stehe auf. »Wir räumen sofort auf.«
»Gut.«
Im nächsten Moment ist sie verschwunden.

»Was ist denn mit ihr los?«, flüstert Douglas.
Ich sage, dass es vielleicht etwas mit der Arbeit zu tun hat. So oder ähnlich antwortet Petra meistens, wenn Mange sich erkundigt, was denn los sei.
Wir putzen gründlicher als Leute in unserem Alter jemals zuvor, und Douglas gibt damit an, dass er besser spült als die Spülmaschine.

6

In der Pause, wenn er zeichnet, wird Alvar immer von einem Haufen Neugieriger umringt. »Schaut euch bloß Alvar an!«, heißt es dann. »Er ist super talentiert!« Ich finde, dass Alvar den Korridor jetzt aufrechter entlanggeht und geradeaus schaut statt zu Boden. Eines Tages will er in die Stadt fahren und neue Kleider kaufen. Petra gibt ihm viel zu viel Geld, weil sie sich so freut. Ich begleite ihn. Überrede ihn zu großen T-Shirts mit fröhlichen Aufdrucken und Hosen, die ein wenig hängen. Auf dem Heimweg im Bus habe ich auf einmal ein schlechtes Gewissen.

»Entschuldige. Meine Freunde in Stockholm finden, dass ich null Gefühl für Stil habe, und jetzt habe ausgerechnet ich dich gestylt.«

»Du hast doch einen ganz guten Geschmack«, sagt Alvar.

Ich habe Angst, dass alles wieder wie früher wird, wenn Alvar alle abgezeichnet hat. Dass er wieder in sich zusammensinkt und sich nur noch mit Max abgibt. Dass er seine alten Klamotten anzieht, sich rund um die Uhr im Gartenhäuschen verschanzt, sprich: wieder schlecht drauf ist. Dabei soll er doch nach all den Jahren im Gefängnis endlich richtig aufblühen. Und nie wieder vor sich hinwelken.

Eines Tages, als wir in der Aula sitzen und dem Schulbibliothekar zuhören, kommt mir eine geniale Idee. Die Bodenplatten und die abgenutzten Wände der Aula sind grau, und sie wirkt wie ein Überbleibsel aus dem 19. Jahrhundert. In der Pause gehe ich ins Sekretariat und sage, dass ich mit der Rektorin sprechen möchte. Ein langweiliger Typ an einem Schreibtisch teilt mir mit, dass ich erst einen Termin vereinbaren muss. Aber ich weiß ja, wo die Rektorin sitzt, also klopfe ich einfach an ihre Tür. Der langweilige Typ ruft mir hinterher, dass das so nicht geht, aber die Rektorin öffnet die Tür wie ein ganz normaler Mensch. Ich sehe sie erstaunt an. Sie sieht mich erstaunt an.

»Was willst du hier?«, fragt sie.

»Einen Vorschlag machen.«

Sie bittet mich in ihr Zimmer, das wie ein ganz gewöhnliches Zimmer aussieht. Die einzige Besonderheit sind zwei Sessel mit einem samtartigen Bezug. Wir nehmen auf den Sesseln Platz. Die Rektorin schaut auf die Uhr.

»Die Aula ist scheußlich«, sage ich. Und erkläre ihr, wie viel lustiger es mit ein bisschen Farbe aussähe. Dass man eine der sterbenslangweiligen Wände mit einem Kunstwerk verschönern könnte, einem großen Wandgemälde, das die Schüler machen könnten, besser gesagt »einige« oder »einer« der Schüler. »Und falls es hässlich wird, kann man es ja einfach übermalen?«

Die Rektorin schaut mich lange an. Ich habe bisher noch nie mit ihr gesprochen, sondern sie nur auf dem Korridor gesehen, wenn sie eilig, in ihr Handy sprechend vorbeigegangen ist. Jetzt steht sie auf und geht zu ihrem Schreibtisch. Sie öffnet eine Schublade und nimmt etwas heraus. Kommt zurück und hält mir eine Tüte hin. Ich starre in die Tüte. Sie ist voll mit Lakritze.

»Ich liebe Lakritze«, sagt die Rektorin.

»Ich auch«, antworte ich und nehme drei Stück.

Sie lehnt sich auf dem Sessel zurück, schiebt sich ein Lakritzestückchen nach dem anderen in den Mund und betrachtet mich dabei nachdenklich.

»Wie kriegt man solches Haar?«, erkundigt sie sich.

Ich hebe eine meiner Flechten an. »Das hier? Man kämmt sich einfach nicht mehr.«

»Würde das auch bei mir klappen?«

»Hätten *Sie* gerne Dreadlocks?«

»Nein, aber würde es gehen?«

»Ich glaube schon. Man muss das Haar einfach richtig vernachlässigen.«

Die Rektorin trägt ihr Haar hochgesteckt. Sie hat ein schlichtes Jackett und ein Paar ganz gewöhnliche Jeans an. Um den Hals trägt sie eine Perlenkette. Sie ist vielleicht vierzig oder sechzig Jahre alt. Ich weiß nicht, ob ihr Dreads wirklich stehen würden.

»Dann sind wir uns ja einig«, sagt sie.

»Worüber ...?«

»Das Wandgemälde. Sprich mit Alf, dann besorgt er die Farbe und alles andere.« Die Rektorin lächelt mich an. »Es ist

wirklich eine sehr gute Idee, etwas mit der alten Aula zu machen. Ich bin einfach noch nicht dazu gekommen.«
Sobald ich das Büro verlassen habe, mache ich mich auf die Suche nach Alvar und schleife ihn den Korridor entlang zum Zeichensaal.
»Komm mit! Ich muss dir was Lustiges erzählen!« Er protestiert wie wild, als ob er bereits ahnt, dass er etwas leisten muss.
Alf steht am Waschbecken und reinigt Pinsel, als wir den Saal betreten. Alvar sagt, ich sei verrückt geworden. Ich erkläre aufgeregt, dass ich mit der Rektorin gesprochen habe und dass sie für ein Wandgemälde in der Aula grünes Licht gegeben hat.
»Stellt euch das mal vor! Das kann echt cool werden!«
Alvar und Alf sehen einander an. Alf drückt einen Pinsel auf einem Stück Haushaltspapier aus.
»Alvar kann es malen!«, sage ich.
Alf betrachtet Alvar.
»Willst du das Wandbild in der Aula malen?«
Reines Entsetzen in Alvars Augen. »Nein!«
Alf fordert uns zum Sitzen auf. Wir gehorchen. Ich erkläre nochmals. Alf redet von praktischen Dingen, zum Beispiel, welche Farbe sich am besten eignet. Zuletzt legt er Alvar eine Hand auf die Schulter.
»Ich glaube an dich«, sagt er feierlich. »Du kannst was Tolles aus der Aula machen.«
»Kann ich?«, meint Alvar.

»Ohne Zweifel.«
Alvar ergreift einen Bleistift, der auf dem Tisch liegt. Er zeichnet Figuren, die nichts darstellen, auf ein Blatt Papier. Das macht er immer, wenn er nachdenkt. Ich und Alf kapieren, dass wir jetzt den Mund halten müssen. Schließlich lässt Alvar den Stift fallen. Er schaut auf, als wäre nichts geschehen.
»Okay«, sagt er.
Alf und ich strahlen uns an.
Bevor ich gehe, erkundigt sich Alf, wie es mir gelungen ist, von der Rektorin so schnell eine Antwort zu erhalten. Ich zucke mit den Schultern.
»Man muss nur sagen, was man zu sagen hat.«

7

Die Frau in der Damenboutique hat einen golden glitzernden Adventsstern und zentnerweise Lichterketten ins Schaufenster gehängt und die Slips mit Goldsternchen bestreut. Obwohl mir kalt ist, fahre ich langsamer und hebe den Daumen, sodass sie es durch das Schaufenster sieht. Sie winkt mit leuchtenden Augen zurück. Innerlich ein wenig wärmer, radle ich weiter heimwärts.

Wir essen ohne Mange zu Abend, weil er noch »Dinge erledigen« muss. Petra hat Linseneintopf gekocht. Nicht gerade Sushi. Seit ich in Bokarp lebe, habe ich kein einziges Mal Sushi gegessen. Es gibt einen Sushi-Laden in der Stadt, aber in dieser Familie wird kein Take-away geholt. Das ist nur teuer, außerdem schmeckt es besser, wenn man selber kocht. Behaupten *die.* Aber das stimmt nicht. Man kann unendlich viel Sushi mit Lachs essen, ohne dass man es leid wird. Was man von Linseneintopf *nicht* behaupten kann.

»Bevor ich hierhergekommen bin, habe ich in meinem ganzen Leben noch keine einzige Linse gegessen«, sage ich.

»Na, dann wurde es ja höchste Zeit«, meint Petra und zeigt streng auf Teas Handy, das auf dem Tisch liegt.

»Nein«, antworte ich. »Ich hätte ein fantastisches Leben ohne eine einzige Linse verbringen können.«
Tea findet das wahnsinnig lustig. Petra lacht nicht. Ihre Stirn ist gerunzelt, und sie isst nicht sonderlich viel von dem Linseneintopf, obwohl sie ihn doch so liebt. Ob sie wohl ernsthaft krank ist? Dann müsste ich ja wieder umziehen. Eine Sekunde lang kriege ich keine Luft. Aber vielleicht hat sie ja nur Kopfweh oder Ärger in der Kirche. Fühlt sie sich von Gott im Stich gelassen? Für eine Pfarrerin wäre das ja ganz schön anstrengend.
Alvar steht auf, obwohl er nur den halben Teller geleert hat. Petra fordert ihn auf, fertig zu essen, was er mit angeekelter Miene macht. Dann verdrückt er sich schleunigst ins Gartenhäuschen. Das ganze Wochenende hat er dort draußen verbracht und Skizzen für das Wandbild gezeichnet. Ich hätte gedacht, man legt einfach los. Aber Alvar meint, man müsse erst auf Papier vorzeichnen und die Skizze dann erst auf die Wand übertragen, damit man überhaupt weiß, wie viel dort Platz findet. Ich verstehe nicht so recht, warum es so pingelig genau sein muss. Wenn etwas keinen Platz mehr hat, merkt das ja sowieso niemand. Aber Alvar ist super*super*pingelig. Alles muss genau durchdacht und perfekt sein.
Es wäre schön, wenn ich ihm helfen könnte, aber Alvar redet nur mit Alf. Sie gehen den Korridor entlang und diskutieren mit zusammengesteckten Köpfen. Alvar fuchtelt beim Erklären mit den Händen in der Luft herum. Sein

Mund bewegt sich schnell, schnell. Nach der Schule warte ich mit dem Fahrrad auf ihn. Aber er kommt mit Alf aus dem Gebäude und sieht mich nicht einmal. Offenbar haben sie immer noch Dinge zu bereden. Mit mir hat er noch nie so viel an einem Tag geredet. Was ist denn an Alf so besonders? Er hat null Humor und Mange sagt, er gehe in seiner Freizeit nie mit den anderen Lehrern Pizza essen. Ich ertappe mich dabei, dass ich Alf finster anstarre, obwohl er mir nichts getan hat. Was ist hier in Bokarp eigentlich mit mir los?

Eine Stunde später kommt Mange nach Hause. Er hat schon gegessen, wo, erfahren wir nicht. Petra schenkt mir ihr Pfarrerinnenlächeln und fingert nervös an dem Goldkreuz um ihren Hals.

»Könntest du bitte Alvar im Gartenhäuschen holen? Wir möchten gerne etwas mit euch besprechen.«

Ich spüre einen Kloß im Hals, mache aber, was sie sagt. Schweigend gehen Alvar und ich über den Rasen auf das Haus zu. Wir reden nicht darüber, dass wir uns Sorgen machen.

Petra zündet die Teelichter an und setzt sich vorsichtig auf den Sesselrand im Fernsehzimmer. Mange sieht ungewöhnlich froh aus, aber ich sehe, dass sein Fuß unter dem Tisch zuckt. Alvar reibt sich Farbe von den Fingern. Tea bläst mit ihrer allergenervtesten Miene auf ihre frisch lackierten Fingernägel.

»Dauert es lange?«, fragt sie.

»Nein«, antwortet Mange.
Er und Petra schauen sich an. Die Teelichter brennen unbeirrbar vor sich hin.
»Wollt ihr euch scheiden lassen?«
Petra starrt Tea an, als ob sie ein Schimpfwort verwendet hätte.
»*Scheiden lassen? Keinesfalls!*«
»Was dann?«
Petra rückt das Deckchen unter dem Glasding mit dem Teelicht zurecht.
»Ich und Papa haben uns etwas überlegt.«
»Genau«, ergänzt Mange.
»Wie ihr wisst, sitze ich abends am Computer und arbeite. Ich habe zurzeit sehr viel zu tun und ...« Eine Sekunde lang ist Petras Blick ganz leer. Dann blinzelt sie kurz und fährt fort. »Ich könnte tatsächlich etwas Zeit für mich gebrauchen.«
Mange grinst wie verrückt. »Jeder braucht ab und zu ein bisschen Zeit für sich selbst.«
»Man kann das Zusammensein sehr schätzen«, sagt Petra, »und trotzdem manchmal allein sein wollen. Das kennt ihr doch sicher auch? Du, Alvar, ziehst dich ja auch gerne ins Gartenhäuschen zurück?«
Alvar betrachtet sie verwundert.
Petra legt eine mutterweiche Hand auf Teas Rücken.
»Ich werde nämlich ein Buch schreiben.«
»*What?*«, antwortet Tea. »Worüber?«

Petra senkt den Blick. »Das, was mit Casper passiert ist. Ich spüre, dass ich viel über ... *Prozesse* zu erzählen habe.«
»Prozesse?«, wiederholt Tea.
»In Bezug auf ... die Trauer.«
»Und ich brauche Zeit zum Lernen«, sagt Mange. »Ich will mich schon seit Längerem im Bereich Gesundheit weiterbilden, und jetzt bin ich zu einem Fernkurs an der Uni zugelassen worden. Also ... wollten wir jetzt einfach mal ausprobieren ...«
Er wirft Petra einen erwartungsvollen Blick zu. Sie fingert wie wild an ihrem Goldkreuz herum.
»Eine Zeit lang werden wir abwechselnd hier wohnen«, fährt er fort.
Petra wischt einige unsichtbare Staubkörner vom Tisch.
»Wie lange?«, möchte Alvar wissen.
»Nicht so lange«, antwortet Petra.
Sie behaupten, dass sich für uns praktisch nichts ändert und wir auch in Zukunft Dinge im Familienverband unternehmen werden. Die *ganze* Familie wird zusammen sein. *Oft.*
»Wir haben eine kleine Wohnung in Solkullen eingerichtet, in der wir abwechselnd wohnen werden«, sagt Mange. »Da ist es richtig gemütlich.«
»Solkullen?«, meint Tea. »Mama zieht nach Solkullen?«
»Genau«, sagt Mama.
»Kann ich gehen?«, fragt Alvar.
Sie nicken. Er steht auf. Auch Tea verdrückt sich. Petra streicht sich über den Kopf und erhebt sich.

»Mach dir keine Sorgen«, sagt Mange zu mir.
Petra dreht sich hastig um.
»Süße Billie. Wir kümmern uns natürlich auch weiterhin um dich, so gut wir nur können.«
»Ja, warum auch nicht?«, antworte ich.
»Mach dir keine Sorgen«, sagt sie.
»Mach dir keine Sorgen«, sage ich.

In Sachen Freiraum kenne ich mich aus. Der Gedanke, mit jemandem vielleicht zehn Jahre zusammenzukleben und sich selbst dabei mit jedem Tag immer mehr zu vergessen, ist für mich der Albtraum. Mit anderen Menschen zu fest zusammenzukleben, das ist ganz und gar nicht mein Ding. Ich könnte sogar eine Demonstration im Stadtzentrum organisieren und mit einem Plakat herumgehen, auf dem ich meine Freilassung fordere. Mein Problem ist, dass ich mit Douglas zusammen sein will, und zwar die ganze Zeit. Mein Problem ist außerdem, dass ich will, dass Douglas mit mir zusammen sein will.
Douglas stellt Fragen über meine Mutter, wie sie ist und wann er sie treffen darf. Als sei das ganz selbstverständlich, wenn man zusammen ist. Ich erkläre ihm, dass Mama in Stockholm lebt und krank ist. Ich erkläre, dass sie *mein* Problem ist.
»Du willst sie nicht treffen, glaub' mir.«
Ich weiß nicht, warum ich will, dass Mama nur mein Problem ist. Muss man denn alles übereinander wissen?

»Ich habe dir ja auch von *meiner* Mutter erzählt«, meint Douglas. »Dass sie verschwunden ist.«
»Und wie ist sie verschwunden?«
»Ich erinnere mich nicht mehr. Ehrenwort.«
Ich lese alles, was ich im Internet über das Verliebtsein finde. Es gibt eine Million Postings. Erst sehnen sie sich wie verrückt danach, zueinander zu finden, und wenn sie einander schließlich gekriegt haben, dann sterben sie vor Glück. Aber nach einer Weile gehen sie sich auf die Nerven. Es gibt Webseiten, da erzählen die Leute von ihren Freunden oder Freundinnen, die sie betrogen haben. Plötzlich haben sie auf dem Handy des anderen Nachrichten mit roten Herzchen entdeckt, und das kann ja nur eines bedeuten. Sie fangen an, Beweise zu sammeln, nehmen ab und können nicht mehr arbeiten. Ich weiß nicht, wie klug es ist, solche Sachen zu lesen. Das ist ja keine besonders gute Reklame für die Zweisamkeit.

8

Evin kommt in die Schule und sieht wie ein ganz anderer Mensch aus. Sie baut sich mit verschränkten Armen vor dem Klassenzimmer auf und schaut mich vorwurfsvoll an. Sie hat die Haare geschnitten. Eine einzige lange blaue Strähne hängt über eine Wange herunter. Kunsthaar.
»Warum hast du mir nichts erzählt?«
»Wovon?«
»Ja, wovon wohl?«
Ich schaue mich kurz um. Die Leute merken, dass etwas los ist, und nähern sich wie Wespen einem Sirupglas.
»Von dir und Douglas!«
»Ach, das.« Ich versuche zu lächeln.
»Ja, *das*.« Sie verdreht die Augen. »Schließlich erzählt man doch seinen Freundinnen, wenn man mit jemandem zusammen ist!«
Filippa nickt zustimmend und schaut Wilma an.
Plötzlich befinde ich mich mitten in einem amerikanischen High-School-Film mit Girls, die lauter Unsinn quatschen.
»Hab ich wohl vergessen.«
»Wie kann man so etwas vergessen?«
»Es gibt ja ... Wichtigeres.«

Evin zieht mich ein Stück den Korridor entlang. Sie redet immer noch so laut, dass die anderen sie hören können. Solche Sachen erzähle man sich einfach unter Freundinnen, ob ich das denn nicht verstehe. Wer Geheimnisse voreinander habe, sei nicht richtig befreundet. Ich versuche ihr zu erklären, dass ich will, dass möglichst viel beim Alten bleibt.
»Wir zwei können uns fast genauso oft sehen, obwohl ich mit Douglas zusammen bin.«
»Also will er zusammen sein, nicht du?«
»Es war seine Idee. Mir ... ist es egal, wie wir es nennen.«
Evin schaut zu Boden. Wickelt sich die blaue Strähne um den Zeigefinger.
»Ich will ja nur, dass du unsere Freundschaft ernst nimmst. Und dass du mir alles erzählen willst.«
»Ich bin es nicht gewohnt, alles zu erzählen.«
Sie mustert mich, als wäre ich ein Gegenstand in einem Museum. Dann beschließt sie, meine Erklärung zu akzeptieren. Rückt näher. Flüstert mir zu, dass ich die Einzige in ihrem Bekanntenkreis bin, die einen Freund hat. Spannend. Was macht man mit einem Freund? Ich sage, dass ich es ihr erzählen werde, wenn ich mehr darüber weiß. Mache einen Scherz, dass ich ein Babe aus Kalifornien bin, das wir uns tausend Mal auf YouTube angeschaut haben. »*My boyfriend is so cute!*«, sage ich mit amerikanischem Akzent. »*And he's mine, only mine! Don't forget!*«
An diesem Abend übernachte ich bei Evin. Wir liegen in ihrem Bett, das etwas breiter ist als ein gewöhnliches.

Draußen ist ihre Mutter zu hören, die sich über den kleinen Bruder aufzuregen scheint. Evin fragt, ob sie mir den Rücken kraulen soll. Ich ziehe mein Shirt hoch, lege mich auf den Bauch und lege meine Wange auf ihr flauschiges Kissen.
»Weiter unten kitzeln«, sage ich. »Und etwas höher. Ganz, *ganz* wenig zur Seite. Dort, genau da. Ja.«
»Ich bin der Typ, der nie jemanden treffen wird«, sagt Evin.
»Gibt es solche Typen?«
»Ja, unsere Nachbarin hat keinen Mann, und sie ist bestimmt schon dreißig.«
»Nicht mal einen Freund?«
Evin schüttelt den Kopf. »So werde ich auch einmal.«
»Warum?«
»Weil ich niemand bin, den die Leute lieben«, antwortet sie traurig. »Du bist so ein Mensch, den die Leute sofort lieben.«
»Du auch. Außerdem ist es vielleicht gar nicht so toll, wie du denkst, einen Freund zu haben. Ich verspreche dir, dich über alles Unerfreuliche zu informieren.«
Evin lächelt dankbar, und jetzt bin ich an der Reihe, sie zu kraulen.

Mange und Petra wollen uns beweisen, wie gut sie immer noch befreundet sind und wie alles fast *genau* wie immer ist. In der ersten Woche ist Mange mit uns zu Hause. Ihm ist anzumerken, dass er nicht weiß, wie man alleine zurechtkommt. Manchmal hält er einfach inne, als hätte jemand auf *Pause* gedrückt. Er tigert richtungslos herum, versucht eine Bodenleiste festzunageln und gibt auf, weil es ihm nicht gelingt. Er spielt schlechte Musik aus den Neunzigern, viel zu laut. Nach einer halben Minute dreht er leiser. Er erklärt mir, dass er seine Musik nicht mehr mag. Das kann ich gut verstehen.

Vor allem aber will er Gesellschaft haben. Ich liege im Bett und schaue meine Serie, da höre ich ihn von unten rufen.

»Hallo! Wer will mir Gesellschaft leisten?«

Ich hoffe auf das Geräusch irgendwelcher Türen, aber natürlich geschieht nichts. Der Gedanke daran, dass er sich dort unten wie ein einsamer Hund nach Nähe sehnt, erfüllt mich mit Mitleid. Mit einem Seufzer hebe ich den Laptop von meinem Bauch und gehe hinunter. Dort steht er wartend mit seinen Hundeaugen. Sobald er mich sieht, erhellt sich sein Gesicht. Fehlt nur noch das freudige Kläffen.

»Man muss lernen, auch mal alleine zu sein«, sage ich.

»Ich weiß«, antwortet er. »Aber das braucht Zeit.«

»Warum büffelst du nicht? Du hast doch einen Kurs belegt.«

»Ich bin zu schlapp. Wollen wir was zusammen anschauen? Ich habe Erdnüsse gekauft!«

Er läuft in die Küche und holt die Tüte. Kippt den Inhalt in eine Schüssel. Sieht mich an, als seien Erdnüsse mitten in der Woche ein Wahnsinnsereignis.

Wir legen uns aufs Sofa und schauen uns eine Sendung über Pottwale an, die ich nie selber ausgesucht hätte. Die

Kinder der Pottwale werden Kälber genannt und genau wie Ferkel gesäugt. Er deutet auf den Fernseher und setzt eine wilde Miene auf.
»Verdammt! Wer hätte das gedacht?«
Ich schiebe meine Füße unter seine Beine. Er zieht das Gummiband aus den Haaren und lässt sie offen hängen, als wolle er das Entspanntsein üben. Nach einer Weile fasst er sie wieder zusammen.
Nach Ende der Sendung kippt er noch mehr Erdnüsse in die Schale. Dann redet und redet er, damit ich ja nicht auf die Idee komme, wieder auf mein Zimmer zu gehen. Er bettelt förmlich darum, dass wir uns noch etwas anschauen. Wie kann man bloß so nervös sein, bloß weil man eine Woche lang ohne seine Frau zurechtkommen muss. Seinetwegen durchleide ich eine Sendung über Dickerchen, die abnehmen wollen. Danach will ich wirklich wieder in meine eigenen vier Wände zurück. Ich muss ihn daran erinnern, dass morgen wieder Schule ist.
»Hör mal, hast du schon vergessen? Wenn ich nicht neun Stunden Schlaf bekomme, schlafe ich vielleicht während des Unterrichts ein. Dann finden alle, dass ihr verantwortungslose Pflegeeltern seid!«

Am nächsten Morgen wache ich auf, weil Alvar meine Tür aufreißt. Alle haben verschlafen, und in einer halben Stunde fängt der Unterricht an. Als ich in die Küche hinunterkomme, läuft Mange schlaftrunken und mit offenem Haar

in der Küche hin und her und fühlt sich wie ein Versager. Er erklärt immer wieder von Neuem, dass er die ganze Nacht nicht schlafen konnte und deswegen den Wecker überhört hat.
Tea beklagt sich darüber, dass ihr jetzt keine Zeit zum Duschen bleibt.
Alvar sieht aus, als würde er jeden Moment in Tränen ausbrechen. Selbst ich werde immer gestresster, obwohl es sinnlos ist. Meine gewöhnliche Coolheit ist wie weggeblasen. Zum Glück merke ich recht bald, was geschieht.
»Beruhigt euch!«, rufe ich den anderen zu.
»Ich will alles im Griff haben!«, sagt Tea. »Und zwar *vollkommen*!«
Ich bestreiche mein Brot mit erzwungener Gelassenheit. »Was soll schon groß passieren? Ich verspreche euch, dass niemand sterben wird, bloß weil wir zu spät kommen.«
Wenige Minuten später steigen wir ins Auto. Mange setzt so schnell auf die Straße zurück, dass wir fast mit dem Hund des Nachbarn zusammenstoßen. Mange tritt auf die Bremse, wirft sich aus dem Wagen und bittet mit vielen Erklärungen um Entschuldigung, während der Motor läuft. Der gehetzt wirkende Nachbar setzt seinen Spaziergang fort. Mange wirft sich wieder hinter das Steuer.
»Erzählt Petra nicht, wie knapp das war. Ihr wisst ja. Petra und Autos ...«
Dann drückt er das Gaspedal durch und hält drei Minuten vor Unterrichtsbeginn vor der Schule. Alvar und Tea rennen

zum Eingang. Ich lasse mir beim Aussteigen mehr Zeit. Mange schließt den Wagen ab und hetzt davon.

Ich atme tief ein und schaue in den bleigrauen Himmel hinauf. Setze mich auf eine Bank und binde die Schnürsenkel neu. Lasse mir viel Zeit dabei. Ich stresse grundsätzlich nicht. Da sehe ich Douglas auf dem Schulhof auftauchen. Er tritt Steine vor sich her, macht einen lächerlichen kleinen Schritt zur Seite, schwingt sich auf das Klettergerüst und lässt sich ein wenig hängen. Panisch in die Schule zu rennen, weil das von ihm erwartet wird, kommt für ihn nicht infrage.

Jetzt sieht er mich. Ein behagliches Gefühl breitet sich in mir aus. Er beschleunigt seine Schritte und bleibt dann abrupt vor mir stehen. Die hellblauen Augen schauen mich an und funkeln.

»Kommst du jetzt erst?«

Ich nicke. »Aber ich will nicht reingehen.«

»Hast du auf mich gewartet?«, fragt er.

»Nein.«

Sein Lächeln erlischt. Er hebt einen Eisstiel von der Erde auf.

»Aber ich habe mich total gefreut, dass du gekommen bist«, sage ich.

»Wie sehr gefreut?«, will er wissen.

»Na, *total*, sage ich doch.«

Er wirft den Stiel weg. Lächelt bis in die Fußspitzen. Sieht aus wie eine Sonne.

Dann setzt er sich neben mich auf die kalte Bank. Seine

warme Hand in meiner kalten. Ich erzähle von den Dingen, die sich bei uns zu Hause abspielen, weil Mange und Petra auf einmal Freiraum brauchen. Douglas versteht nur Bahnhof.

»Warum brauchen sie Freiräume? Wenn man jemanden mag, will man doch die ganze Zeit zusammen sein?«

Er betrachtet mich mit einem Blick, der nach Zustimmung schreit.

»Will man? Ja, das will man natürlich.«

Im Moment will ich. Wie verrückt. Ich bin wieder ich selbst. Vollkommen ich selbst.

9

In letzter Zeit ist Alvar genauso still wie damals, als ich nach Bokarp kam. Ich erkläre meinen Freundinnen, dass wir in die Aula gehen müssen, um ihm Mut zu machen. Evin und Larissa und Wilma und Filippa begleiten mich, mir zuliebe. Eigentlich ist ihnen Alvar vollkommen egal und das Wandbild auch. Unser Besuch scheint ihn aber nicht unbedingt zu erfreuen. Ich flüstere den anderen zu, still zu sein, damit er sich konzentrieren kann.
»So ist das mit den Künstlern«, sage ich. »Sie brauchen Stille für ihr Schaffen.«
»Woher willst du das wissen?«, zischt mir Evin ins Ohr. »Kennst du etwa viele Künstler?«
»Ich kenne Alvar, und er ist ein Künstler.«
»Glaube ich nicht«, meint Filippa. »Ein Kind kann kein Künstler sein.«
»Was hat das Alter damit zu tun?«, wende ich ein.
»Ja?«, will auch Larissa wissen.
»Kann ich etwa behaupten, dass ich ein Arzt bin, wenn ich nicht Medizin studiert habe?«, kontert Filippa.
Die anderen lachen. Filippas Pferdeschwanz wippt herablassend.

»Mit Ärzten ist das eine ganz andere Sache«, sage ich. »Nicht jeder Künstler war auf der Kunsthochschule. Wenn man Kunst macht, ist man schließlich Künstler.«
Larissa stimmt mir wieder zu.
Kurz darauf schauen sie sich Katzenfilme auf ihren Handys an. Schließlich ist in der Aula nicht viel geboten. Alvar steht die meiste Zeit reglos da und starrt die Wand an. Bislang besteht die Skizze nur aus ein paar undeutlichen Strichen. Niemand weiß, was das ergeben soll. Höchstens vielleicht Alf.
Alvar taucht den Pinsel in die Farbe. Ich halte den Atem an. Die Hand mit dem Pinsel bewegt sich auf die Wand zu, näher, immer näher. Wenige Zentimeter vor dem Ziel hält sie inne. Dann schwebt sie einige Sekunden in der Luft, bevor er sie wieder sinken lässt.
Er merkt gar nicht, dass wir gehen, oder vielleicht atmet er ja insgeheim auf. Draußen auf dem Schulhof schleiche ich mich ans Fenster und drücke meine Nase an die schmutzige Scheibe. Er steht immer noch genauso da wie vorher. Reglos. Es ist fast gespenstisch.
Einige Tage später ist ein buntes kleines Viereck in der Mitte zu sehen. Am Tag darauf ist es mit einer anderen Farbe übermalt worden und am nächsten Tag mit einer weiteren Farbe.
»Warum bist du denn nie zufrieden?«, frage ich ihn auf dem Heimweg.
Er verkriecht sich tiefer in seine neue blaue Jacke.

»Du hast keine Ahnung«, murmelt er. »Du hast überhaupt keine Ahnung.«
»Dann erklär es mir halt.«
»Nicht jeder ist so wie du.«
Dann beschleunigt er seine Schritte, als wollte er meinen Fragen entkommen. Es ist fast, als könnte es zwischen uns nie wieder wie früher werden.
»Wenn du einfach du selber bist, dann wird das Bild ganz großartig«, sage ich.
Da dreht er sich abrupt zu mir um. Der Wind fährt ihm ins Haar und zieht es nach links.
»Ich kann nicht so ohne Weiteres ein Kunstwerk aus mir herausquetschen!«
»Aber du quetschst ja hundert Figuren pro Woche im Gartenhäuschen aus dir heraus.«
»Ich ...«
Wir schweigen beide. Geht es eigentlich um etwas anderes?
»Bist du mir böse, weil ich ...?«, erkundige ich mich behutsam, »ich und Douglas ...?«
Er stöhnt kurz auf und rennt los. Ich bleibe stehen und sehe ihn verschwinden. Ein blauer Punkt.
Am nächsten Tag steht er wieder mit dem Pinsel in der Aula und sieht aus, als könnte er gleich in Tränen ausbrechen. Ich schleiche hinein und verstecke mich hinter den Bänken. Irgendjemand hat einen halben Penis ins Holz geritzt. Alf kommt herein, ohne mich zu bemerken. Er sagt, dass Alvar es sich nicht so schwer machen soll, ein Bild könne man

immer wieder übermalen. Alvar murmelt etwas, und Alf kratzt sich besorgt am Bart.

Etwas später frage ich Alf, ob er nicht ein paar Boxen organisieren könne, damit wir inspirierende Musik für Alvar abspielen. Alf organisiert. Ich spiele Michael Jackson. Vergeblich. Ich spiele Hiphop, klassisch, Gospels. Nichts hilft. Dann singe ich selbst für Alvar.

»Verdammt noch mal, was willst du eigentlich?«, brüllt er mich an. So habe ich seine Stimme noch nie gehört. »Hau ab! Und lass dich nie wieder hier blicken!«

Am Abend gehe ich in sein Zimmer. Er liegt mit dem Gesicht zur Wand, zusammengerollt unter der Decke.

»Ich kann mit Douglas Schluss machen«, sage ich. »Wir müssen nicht unbedingt zusammen sein.«

»Glaubst du, dass sich alles immer nur um dich dreht?«

Ich bin baff. Und vielleicht ein bisschen enttäuscht.

»Was ist es dann?«

»Mir fällt nichts ein! Überhaupt nichts!«

Da kapiere ich es endlich. Es ist ernst. Es geht ihm lausig, weil ich ihn zu Dingen zwinge, die er nicht schafft. Warum bin ich bloß drauflos gewalzt wie ein Bulldozer? Warum durfte er nicht einfach im Gartenhäuschen vor sich hinwerkeln?

Ich lege mich hinter ihn, lasse aber Luft zwischen uns. Nur sein Haar schaut unter dem Bezug mit den Autos hervor. Der ist bestimmt tausend Jahre alt.

Sein Atem beruhigt sich. Es herrscht eine Stille, die nur in Bokarp möglich ist.

»Komm einfach mit nach Stockholm«, schlage ich ihm vor.

Alvar dreht sich um. »Was?«

»Ja, komm einfach mit, wenn der Club fährt. Dann kannst du Mama treffen.«

Er setzt sich auf. »Und was hält deine Mutter davon?«

»Sie freut sich«, antworte ich.

»Okay.«

Ich habe keine Ahnung, warum jetzt ausgerechnet Alvar Mama treffen soll. Er hat nie erklärt, dass er Lust darauf hat. Und nichts deutet darauf hin, dass Mama Alvar treffen möchte. Aber jetzt ist es einfach so.

10

Am Sonntag kommt Petra nach einer Woche in Solkullen wieder nach Hause. Ihre Abwesenheit verlief ruhig. Mange nimmt es mit den meisten Dingen nicht mehr so genau. Und zwar nicht nur, was Pünktlichkeit und Essgewohnheiten betrifft. Seit einiger Zeit werden auch keine Witze mehr gerissen. Er liegt uns nicht ständig damit in den Ohren, dass wir uns mehr bewegen sollen, dass Alvar so passiv ist, dass sich Tea Nachmittage lang schminkt. Es ist schon ein bisschen krass, dass ich ihn mehr mag, seit Petra weg und er alleine ist.

Die Sonntage sollen gemeinsam mit der ganzen Familie verbracht werden. Draußen ist es so kalt, dass man eigentlich nur drinbleiben, unter einer Decke liegen und Filme auf dem Computer schauen will. Daraus wird aber nichts, weil wir in die Natur hinausmüssen, um zu »schnitzen«. Tea jammert darüber, dass sie feste Schuhe tragen und im Gegensatz zu allen anderen Leuten, die sie kennt, zu dieser Jahreszeit in den Wald hinausmuss.

»Ich hasse alles!«, ruft sie.

Bis Petra zur Tür hereinkommt, hat sie sich aber wieder beruhigt.

Petra sieht aus wie immer, vielleicht etwas fröhlicher. Wahrscheinlich glaubt sie ja, dass sie zeigen muss, wie glücklich sie ist, damit wir uns keine Sorgen machen.
Zur Begrüßung umarmt sie Alvar, der sich sofort in einen Laternenpfahl verwandelt. Alvar und Tea sind die Umarmerei nicht so gewöhnt. Manchmal zwinge ich sie dazu, mich zu umarmen. Dass ich das so gut kann, habe ich meiner Mutter zu verdanken. Sie hat immer wie ein gestrandeter Wal im Bett gelegen, und sobald ich Lust hatte, konnte ich in ihre Arme abtauchen.
Petra und Mange berühren sich ungelenk. Als Umarmung kann man das nicht bezeichnen. Ich frage Petra, wie es mit dem Buch geht, aber sie antwortet, dass sie sich noch nicht dazu äußern will.
Wir spazieren im Gegenwind die Landstraße entlang. Mange zeigt uns den Weg in den Wald, dann gehen wir viel zu lange auf lehmigen Pfaden weiter. Meine Jeans sind unten schon ganz verschmiert, und ein spitzer Ast streift mein Auge. An dieser Sache ist wirklich gar nichts cool. Mange und Petra haben sich nach einer ganzen Woche offenbar nicht viel zu sagen. Sie gehen schweigend nebeneinanderher, jeder in seiner eigenen Welt. Aber vielleicht haben sie sich ja Nachrichten geschickt. Mit zusammengekniffenen Lippen macht Tea einen Schritt nach dem anderen. In ihrer kurzen rosa Steppjacke friert sie sich bestimmt den Hintern ab.
»Wer hatte bloß diese verrückte Idee?«, mault sie.

»Mama und ich haben uns das zusammen ausgedacht«, erwidert Mange.
»Redet ihr miteinander, wenn ihr an verschiedenen Orten wohnt?«, frage ich.
»Natürlich«, antwortet Petra. »Warte mal, Billie …«
Sie kommt auf mich zu und zieht mir die kratzige Mütze über die Ohren.
»Wir reden die ganze Zeit«, sagt Mange.
»Aber was macht es dann für einen Sinn, an verschiedenen Orten zu wohnen?«
Mange ahmt die Stimme eines Kindes nach: »*Immer musst du so viel fragen! Hör auf damit*!«

Petra verteilt einige Sitzkissen auf einem liegenden Baumstamm. Plötzlich sehe ich alles wie in einem Film. Der Film zeigt, dass die Eltern den Ausflug unseretwegen machen, obwohl wir das gar nicht wollen, genau wie mit meiner neuen Winterjacke. Also sitzen ich, Alvar und Tea hier im tiefsten Wald auf einem kalten Baumstamm, bei einem Wetter, bei dem niemand nach draußen will, nur damit sie zufrieden sind. Wenn meine Freunde in Stockholm diesen Film sehen könnten, würden sie lachen, so krank ist das.
Mange hat Messer für alle dabei. Wir dürfen uns aussuchen, ob wir einen Wurststecken, einen Löffel oder eine Schleuder schnitzen wollen. Pflichtschuldig suchen wir auf der Erde nach Stecken. Sobald jeder einen gefunden hat, beginnt Manges Unterricht.

»Ihr seht die kleine Kante zwischen Klinge und Griff, die dafür sorgen soll, dass die Finger nicht auf die Schneide rutschen ... Und aufgepasst! Ihr müsst euch beim Schnitzen hinsetzen!«
Wir setzen uns gehorsam auf den Baumstamm.
»Mindestens einen halben Meter Abstand! Schnitzt zwischen den Knien! Immer mit dem Messer von euch *weg*!«
Eigentlich ist das gar nicht so schwer, wenn nicht unbedingt etwas dabei herauskommen sollte.
Teas rosa Arm bewegt sich ruckartig neben mir. »Ich hasse das Schnitzen!«
»Die Dinge sind nur anstrengend, solange man sie nicht beherrscht«, meint Mange.
Er selbst schnitzt eine Schleuder. Sobald das Holzteil fertig ist, nimmt er ein dickes Gummiband aus der Tasche und knotet es an den beiden Enden fest. Er hebt einen Stein von der Erde auf und schießt ihn in den Wald hinein. Ich bin echt beeindruckt. Gebe ihm ein High-Five. Tea wirft mir einen finsteren Blick zu, als wäre ich eine Verräterin.
»Und, ist doch toll draußen in der Natur?«, meint Mange, angefeuert von meinem Lob. »Zuerst muss man sich überwinden, aber nach einer Weile denkt man nur ›Yes!‹!«
»Ich denke nur ›Mir ist kalt!‹«, sagt Tea.
»Du hättest deine Thermohosen anziehen sollen«, meint Petra, die gerade damit beschäftigt ist, ein Grillfeuer anzuzünden. »Das haben wir dir doch gesagt.«
Tea widerspricht nicht mehr. Sie und Alvar wissen, dass sie

bis zum nächsten Sonntag mit einer neuen Aktivität ihre Ruhe haben, wenn sie diesen Tag einfach still durchleiden. Ich mache ein Foto und schicke es Douglas. »Superfröhlicher Sonntag«, schreibe ich und bekomme einen Trupp laut lachender Smileys zurück. Sekunden später kommt eine weitere Nachricht. »Sehen wir uns später?« Gegen meinen Willen fühle ich mich auf einmal gestresst. Antworte, dass ich noch nichts sagen kann.
Petra nimmt ein paar Holzscheite aus ihrem Rucksack. Mange schaut sie skeptisch an.
»Mitgebrachtes Holz, ist das nicht unsportlich?«
Wortlos schichtet Petra die Hölzer vor sich auf.
»Du musst doch erst eine kleine Grube ausheben.«
»Das geht genauso gut auch ohne.«
Rastlos feuert Mange ein paar Schüsse mit seiner Schleuder ab, dann wendet er sich wieder an Petra. »Das Feuer könnte sich ausbreiten.«
»Glaubst du wirklich, dass es sich ausbreitet, wenn die Erde so feucht ist?«
»Wir hätten doch eine Schaufel mitnehmen sollen«, meint Mange.
»*Ich* hätte eine Schaufel mitnehmen sollen?«
Obwohl ihre Stimme weich klingt, hört man, dass sie verärgert ist.
»Das habe ich nicht gesagt.«
Sie holt ein wenig Zeitungspapier aus ihrem Rucksack, geht in die Hocke und schiebt das Papier unter das Holz. Zündet

das Papier mit einem Streichholz an. Bläst auf das Feuer. Aber sobald das Zeitungspapier in Flammen aufgegangen ist, stirbt das Feuer. Sie reißt mehr Papier ab, zündet nochmals an, aber auch dieses Mal klappt es nicht.

»Ich brauche ein bisschen Reisig«, sagt sie.

Mange juckt es im ganzen Körper, wenn er Petra beim Feuermachen zuschaut. Ich spüre es in meinem eigenen Körper, wie sehr es juckt, wenn man genau weiß, wie es gemacht wird, aber nichts sagen darf.

Petra sucht unentschlossen zwischen den Bäumen herum. Sie reißt einige Ästchen von einem Busch und legt sie unter das Papier.

»Schnitz doch ein paar Stöckchen aus dem trockenen Holz«, schlägt Mange vor.

»Ich mache das jetzt auf meine Art.«

»Aber das Reisig ist nicht trocken. Außerdem liegen die Scheite zu dicht, da muss mehr Luft hinein.«

»Mama schafft das«, sagt Tea und zeigt mit der Klinge auf Mange.

Mange betrachtet verwundert das Messer. Ihm ist klar, dass sie nicht vorhat, zuzustechen, aber trotzdem. Nett sieht das ja nicht gerade aus.

»Ich kann trockenes Reisig sammeln«, sage ich. »Und Stöckchen.«

Alvar und Tea lassen erfreut ihre Messer fallen. Gemeinsam suchen wir nach allem, was das Feuer entfachen kann. Eine Viertelstunde später brennt es.

Wir warten, bis sich das Feuer in Glut verwandelt hat, dann fangen wir mit dem Grillen an. Eine Mikrosekunde lang ist es *fast* gemütlich, dicht aneinandergedrängt vor dem Feuer zu sitzen. Mange ruiniert die Stimmung damit, ein keckes »Lagerfeuerlied« anzustimmen, das er als Kind bei den Pfadfindern gelernt hat. Er meint es zwar scherzhaft, aber trotzdem ist es nicht zum Aushalten. Alvar weigert sich zu schunkeln. Respekt.

Petra hat gerade einen ruhigen Gospel begonnen, »Kumbaya, my Lord«, da wird sie von Teas grellem Schrei unterbrochen. Blut tropft von ihrer Hand. Das Schnitzmesser ist auch blutig. Auf einmal herrscht Chaos. Mange zerrt sich die Jacke und den Fleece vom Leib, und dann auch noch das T-Shirt, das er in Fetzen reißen will, um daraus einen Verband zu machen. Petra fordert ihn mit kleinen Schreien dazu auf, sich zu beeilen. »Sie könnte verbluten!« Zuletzt will sie nicht mehr warten. Sie reißt sich ihr Halstuch vom Kopf und verbindet damit Teas Wunde. Mange steht mit entblößtem Oberkörper und zerrissenem Shirt in der Hand da und schaut zu.

»Packt die Sachen zusammen!«, ruft er. »Wir müssen ins Krankenhaus!«

Eigentlich will ich fragen, ob es wirklich so schlimm ist, aber das geht jetzt nicht. Begleitet von Teas hysterischem Geschrei, räumen wir unsere Sachen zusammen. Sie hat ohnehin schon eine dramatische Ader. Und dass alle so tun, als läge sie im Sterben, macht die Sache nicht besser.

»Vermutlich muss sie mit zwei Stichen genäht werden«, meint Alvar mit leiser Stimme auf dem Heimweg. Ich flüstere ihm scherzhaft zu, dass wir dank Teas Verletzung immerhin endlich nach Hause dürften. Alvar hält sich die Hand vor den Mund, um sein Kichern zu verbergen.

Petra hat Jens angerufen, daher erwartet uns der mintgrüne Wagen bereits am Waldrand. Mange und Petra werfen sich neben Tea auf den Rücksitz.

Alvar und ich winken ihnen zum Abschied zu, aber sie sehen uns nicht.

Wir folgen der zugigen Landstraße. Mein linker Schuh ist innen mehr als nur feucht. In dem kleinen Laden kaufen wir bei Wendela eine Tüte Chips. Zu Hause legen wir uns mit den Chips in mein Bett und schauen die zweite Staffel unserer Serie an. Nach einigen Stunden hören wir Schritte auf der Treppe. Die Tür wird geöffnet. Tea schaut herein. Ihr Blick ist schuldbewusst.

»Sie haben mit zwei Stichen genäht.«

Natürlich kann sie nicht verstehen, warum wir einen Lachanfall bekommen.

Als ich in die Küche komme, ist Mange schon in die Wohnung in Solkullen aufgebrochen. Jetzt ist er an der Reihe, dort zu wohnen. Petra steht am Fenster und starrt auf den Baum, den sie nach Caspers Tod gepflanzt haben. Ich stelle mich neben sie. Ihre geweiteten Augen sehen aus wie Porzellan.

»Hallo«, sage ich.

Sie sieht mich erstaunt an. »Hallo?«
»Woran denkst du?«
Sie streichelt mich ganz kurz.
»Kannst du mir helfen, die Spülmaschine auszuräumen?«
Ich helfe ihr. Sie kann ein wenig Hilfe gebrauchen.

11

Petra gibt sich zu Hause noch ein bisschen mehr Mühe als sonst, vielleicht weil Tea mit zwei Stichen genäht worden ist. Sie kocht leckeres Essen und liegt uns nicht mehr so sehr damit in den Ohren, dass wir zu einer bestimmten Zeit im Bett liegen sollen. Sie hat Lichterketten aus dem Keller geholt und zündet eine Kerze für Casper an. Sie entscheidet, dass wir jetzt über ihn reden sollen. Das hat sie noch nie gemacht. Alvar und Tea gehen widerstrebend zum Tisch. Ich folge ihnen.

Petra verschränkt die Hände vor sich. Sie sieht einen nach dem anderen an.

»Woran erinnert ihr euch?«

Alvar rückt auf seinem Stuhl hin und her, als würde allein schon der Gedanke an Casper einen Juckreiz auslösen. Petra nimmt ein Fotoalbum mit Bildern von Caspers Geburtstag auf einer Griechenland-Reise hervor. »Könnt ihr euch noch daran erinnern? Und schaut mal hier ...« Ihre Stimme klingt, als würde sie mit uns über Hausaufgaben oder andere Pflichten reden. Es dauert eine Viertelstunde, die Fotos anzuschauen, dann dürfen wir gehen. Alvar und Tea ist ihre Erleichterung anzusehen. Petra bläst die Kerze aus und

lehnt sich auf dem Sofa zurück. Auch sie ist froh, dass es vorbei ist. Sie knöpft den obersten Knopf ihrer Hose auf und schlägt die Beine unter.
Ich erhalte eine Nachricht von Douglas. Er hat mir zwei SMS in einer Stunde geschickt. Das finde ich übertrieben. Auch dass er so viele Emojis schickt. Ein Emoji pro SMS genügt. Und nur *ein* Herz. Nie mehr als drei. Filippa behauptet, dass man nicht mit jemandem zusammen sein kann, der die falschen Smileys schickt. Stimmt das?
Wir schauen uns die »Luxusfalle« an. Ich erkläre, dass ich die »Luxusfalle« liebe. Manche Leute haben fünf Motorräder, und andere geben ihr Geld für Coca-Cola aus. Petra meint, dass sie nie solche Sendungen anschaut. Dann korrigiert sie sich und sagt, dass sie *sehr wohl* solche Sendungen anschaut. Wenn niemand es sieht.
»Warum nur dann?«
»Vielleicht, damit niemand denkt, dass ich so ein Mensch bin, der ›die Luxusfalle‹ anschaut. Nein, ich weiß nicht, warum.«
»Darf man nicht anschauen, was einem Spaß macht?«
»Doch, in letzter Zeit habe ich eingesehen, dass man das eigentlich darf.«
Sie dreht die Lautstärke auf, weil sie hören möchte, welche Ratschläge die Experten für die Eltern haben, die nächtelang am Bildschirm sitzen und shoppen, statt zu schlafen.
»Schrecklich«, sagt Petra. »Wie können sie nur? Wo sie doch Kinder haben?«

Nach der Sendung geht sie ins Badezimmer. Ich schleiche hinterher und lege mein Ohr an die Tür. Es ist vollkommen still. Lange. Als sie wieder herauskommt, ist sie wie immer. Ich verschwinde im Badezimmer und sehe mich um. Ich hebe den Deckel des Papierkorbs an und suche nach Spuren. Aber dort liegen nur ein paar leere Rollen vom Klopapier und ein bisschen Watte mit schwarzer Schminke.

Zwei Tage später kommt sie aus der Stadt nach Hause. Sie wärmt Fertiggerichte in der Mikrowelle und erklärt, dass ihr Kochen noch nie Spaß gemacht hat.
»Wenn ich daran denke, wie viel Zeit ich auf so etwas Langweiliges verschwendet habe, könnte ich fast verrückt werden.« Dann kichert sie ganz kurz. Das ist vermutlich die auffälligste Veränderung. Dieses kurze Gelächter, wenn man es am wenigsten erwartet. Ich würde einen Fünfhunderter dafür geben, in ihren Kopf hineinklettern zu dürfen, um herauszufinden, worüber sie eigentlich lacht. Beim genaueren Hinsehen fällt mir auf, dass sich ihre Schultern ein wenig entspannt haben. Und ihre Finger tasten nicht die ganze Zeit nach dem Goldkreuz an ihrem Hals.
Im Chor trägt sie eine neue lila Bluse. Sie zieht die Wolljacke aus, damit es auch alle sehen. Eine Frau namens Mirja sagt, sie stehe ihr. Ich glaube, sie ist unaufrichtig. Petra strahlt und streicht mit der Hand über den Stoff. Dann steht sie mit ihrer allerchristlichsten Miene und der umgehängten Gitarre ganz vorne. Eigentlich hat sie nie einen

besonders christlichen Eindruck auf mich gemacht, aber jetzt zweifle ich keine Sekunde daran, dass sie und Gott ein Ding zusammen haben. Sie schließt die Augen und gibt ihr Äußerstes. Singt lauter und lauter. Nach einer Weile merke ich, dass es den Leuten nicht passt – die Chorleiterin darf doch nicht den Chor übertönen, oder? In der Pause, in der wir Beuteltee trinken, tuscheln die Leute, dass sie anders ist als sonst.

Petra und ich gehen zusammen nach Hause. Sie hat den Mantel nicht zugeknöpft, obwohl es kalt ist. Der offene Gürtel pendelt hin und her.

»Wie geht es dir?«, erkundige ich mich.

»Warum fragst du?«

»Warum darf man solche Fragen in meinem Alter nicht stellen?«

»Weil ... du ... an dich selbst denken musst.«

»Aber wenn man sich Gedanken macht?«

Sie seufzt. »Warum interessiert es dich denn so sehr?«

»Einfach so.«

Sie schüttelt den Kopf, hin und her. »Entschuldige, Billie, aber es ist einfach nicht normal, dass sich Kinder so sehr für Erwachsene interessieren.«

»Man kann sich für viele Dinge interessieren.«

Sie tätschelt wohlwollend meine Wange.

»Ich glaube, es ist wirklich wichtig, dass du ein Kind sein darfst.«

»Und was bedeutet das?«

Ich ergreife die Enden ihrer Schärpe und verknote sie. Petra sieht mich erstaunt an.
»Es ist kalt«, sage ich.
»Du musst aber nicht …« Sie setzt nochmals an. »Schließlich bist du zu uns gekommen, damit wir uns um dich kümmern und du dir keine Sorgen machen musst. Und auch keine Gedanken über die Probleme anderer Leute.«
»Ich glaube nicht, dass man mich verändern kann.«
Sie atmet eine neblige Wolke aus.
»Also … wie geht es dir?«, frage ich nochmals.
»Mir geht es ausgezeichnet, Billie. Ausgezeichnet.«

12

Douglas zerrt mich im Regen auf den Schulhof. Ich sage ihm, dass man mich nicht so hart anfassen darf. Aber er hört nicht. Seine Augen sehen aus wie damals, als er behauptet hat, meine Mutter wolle mich nicht haben. Am liebsten würde ich ihn anschreien. Wir stellen uns bei den Fahrrädern unter und sehen den Regen vor unseren Füßen vorbeiplätschern. Er stampft mit dem Turnschuh auf den Asphalt. Seine Zähne sind zusammengebissen.

»Du fährst doch nach Stockholm, oder?«

»Ja, das weißt du doch.«

»Aber du hast mir nicht erzählt, dass *Alvar* mitkommt. Und dass er deine Mutter treffen darf.«

»Alvar ist in einer Krise und braucht neuen Input.« Ich höre, dass ich erwachsen klinge, ungefähr wie Cecilia vom Jugendamt.

»*Krise?*«

»Ja. Außerdem ist es eine Clubreise, und Alvar darf mit, weil er Manges Sohn ist.«

»Du willst mich nicht dabeihaben«, sagt er mit finsterem Blick. – Ich denke nach, versuche mich in diesem Wirrwarr zurechtzufinden.

»Tut mir leid. Mama war ganz schön genervt, als ich ihr erzählt habe, dass Alvar mitkommt. Ich habe es schon total bereut.«
Mama war zwar von Alvars Besuch nicht so wahnsinnig begeistert, aber dass ich es bereue, ist gelogen. Und jetzt bereue ich stattdessen, dass ich Douglas angelogen habe.
Er gibt dem Brett einen Tritt, der das Dach über den Fahrrädern in Bewegung versetzt. Ein paar Erstklässler schauen uns entsetzt an. Ich kann sie gut verstehen. Douglas ist total aus dem Häuschen. Da sind noch Sachen in seinem Kopf, die einfach rausmüssen, das sieht man.
»Warum bist du so komisch?«, frage ich.
»Vielleicht, weil ich Sachen gehört habe.«
Ich versuche, in Gedanken alles, was ich im letzten Monat gesagt oder getan habe, durchzugehen.
Er schaut mich mit glasigen Augen an. Den Tränen nahe.
»Warum hast du gesagt, dass es dir egal ist, ob wir zusammen sind oder nicht?«
Ich verstehe nur Bahnhof.
»Auf dem Korridor!« Ein Tropfen Spucke landet auf meiner Backe. »Alle haben es gehört! *Alle*!«
Jetzt erinnere ich mich. Das Gespräch mit Evin.
»Habe ich das gesagt? Ich habe gesagt, dass du mich gefragt hast.«
»Aber du hast mit Ja geantwortet.«
In meinem Körper und Kopf breitet sich Müdigkeit aus. Meine Gefühle für Douglas sind weg.

»Mach halt Schluss, wenn du mir nicht verzeihen kannst. Du kannst sofort Schluss machen.«
»Willst du das?«, fragt er.
»Nein«, lüge ich.
Er setzt sich auf den Gepäckträger irgendeines Fahrrades.
»Es ist nur ...« Er schluckt und setzt nochmals an. »Man kann nicht einfach sagen, was einem gerade so durch den Kopf geht.«
»Aber ich war noch nie mit jemandem zusammen, ich muss das erst lernen«, sage ich und gebe seiner feuchten Jacke einen kleinen Stups.
»Entschuldige«, sagt er und schnieft. »Manchmal krieg ich ein totales Durcheinander im Kopf. Entschuldige.«

Am nächsten Tag sind wir in zwei gemieteten Minivans unterwegs. Evin und Alvar sitzen links und rechts von mir. Alvar will weder singen, Spiele spielen noch Evins neue Playlist diskutieren, die sie extra für die Reise zusammengestellt hat. Er will einfach nur mit ein und demselben deprimierten Gesichtsausdruck zum Fenster hinausschauen. Ich hätte eigentlich etwas mehr Begeisterung für die Reise nach Stockholm erwartet. Was, wenn er zu Hause bei Mama genauso *boring* ist? Was, wenn sie ihn dann unfreundlich behandelt? Manchmal, wenn ich Freunde mit nach Hause genommen habe, ist sie herumgetigert und hat sich andauernd beklagt. Ich versuche, nicht nervös zu sein und die schlimmen Visionen auszublenden.

Mange singt lauter als ich und Evin zusammen. Filippas Vater dreht das Radio auf, um ihm den Mund zu stopfen. Mit Sicherheit schämt sich Alvar für Mange. Das kann ja keine Freude sein, den eigenen Vater als Lehrer zu haben. Es kann einfach keinen Spaß machen, dass er Tischtennistrainer ist und dass wir auch noch im gleichen Auto sitzen.
Ich erzähle Alvar von Stockholm und allem, was man da machen kann. Ich frage ihn, ob er das Schloss oder das Vasa-Museum anschauen oder einfach nur mit meinen Freunden abhängen möchte.
»Mal sehen«, antwortet er.
»Hast du Angstzustände wegen dem Wandbild?«, frage ich.
Er versucht, mir in die Augen zu schauen. »Was meinst du mit Angstzuständen?«
»Ein panisches Gefühl, das einem schwer auf der Brust liegt. Meint Mama jedenfalls.«
Er gibt einen Seufzer von sich. »Nein.«
»Was ist es dann?«
»Depression?«
»Eine *Depression*?«, frage ich. »Weißt *du*, was das ist?«
»Ich hab's gegoogelt.«
»Hast du das Gefühl, dass alles sinnlos ist und so?«
»Vielleicht ein bisschen.«
»Na, dann ist es wohl keine Depression. Wenn man eine Depression hat, dann findet man alles *wahnsinnig* sinnlos. Man will sterben. Mama kann drei Tage am Stück weinen. Oder eine Woche lang nichts essen.«

Angeekelt verzieht er das Gesicht.
»Genau«, fahre ich fort. »Sie übergibt sich auch. Und schluckt Tabletten. Mach dir keine Sorge. Du bist sicher nur in einer Krise. Das ist bei Künstlern ganz normal.«
»Was du alles über Künstler weißt.«
»Ja. Es gibt Schriftsteller, die sind in der Psychoklinik gelandet, weil sie nicht mehr schreiben konnten.«
»Was?«
»Ja, das ist ganz normal.« Ich lächle ihn breit an. »Früher oder später kommt der Durchbruch. Man muss vorher nur ein bisschen leiden.«
»Klingt wie Bullshit.«
Offenbar versteht er nicht, was das Leiden mit der Kunst zu tun haben soll. Eigentlich kapiere ich das auch nicht. Mein alter Kunstlehrer hat von einem holländischen Künstler erzählt, der sich ein Ohr abgeschnitten hat.
Mange erzählt gerade von einer anspruchsvollen Wanderung durch die Wildnis, die er in seiner Jugend unternommen hat. Damals war er Mitglied bei den Feldbiologen. Alle dort waren jung und offenbar »total verrückt«. Er war damit beschäftigt, die Verbreitung verschiedener Moosarten aufzuzeichnen, die anderen hatten andere Spezialgebiete.
»Wir haben Kuschelspiele gespielt, die darauf hinausliefen, mit möglichst vielen Leuten zu knutschen«, lacht Mange.
Filippas Vater lächelt angestrengt. Er will nichts von Knutschereien im Wald hören. Lieber redet er über die Spieler anderer Clubs, die ein besseres Ranking haben. Er hat ihre

Ergebnisse studiert und weiß, wo sie in ihrer Entwicklung stehen. Mange ist in Gedanken bei den Feldbiologen hängen geblieben. Seine Miene ist weich wie die eines kleinen Jungen.

Schließlich erreichen wir das, was eigentlich unser Hotel sein soll, aber es gibt keine Rezeption, und die Zimmer sind so klein, dass man beim Betreten mit dem Bett zusammenstößt. Das WLAN ist lausig.
Ich teile mir das Zimmer mit Evin. Sie denkt nur an den Wettkampf, in dem sie sich gut platzieren will, sie weiß genau, welche Gegner sie besiegen muss. Eine gewisse Matilda aus Eslöv, zum Beispiel. Was aber schwierig sein wird. Wir sind beide nervös, Evin wegen des Wettkampfes und ich wegen Mama. Was ist, wenn ich mich an ihrem Bett festkette, um nicht nach Bokarp zurückzumüssen? Oder umgekehrt. Wenn jetzt Mama weint, wie es manchmal ihre Art ist, viel zu laut und viel zu lange? Was soll Alvar dann machen? Wird er Mama trösten oder einfach nur dastehen? Wird er die Kette aufbrechen oder mich einfach nur im Stich lassen?
Evin sitzt auf dem Boden und wühlt in ihrem Rucksack. Sie findet ihr hellblaues Trikot mit ihrem Namen auf der Rückseite und legt es ordentlich auf den Trainingsanzug, der schon über der Stuhllehne hängt. Mit besorgter Miene erkundigt sie sich, ob ich dann nicht plötzlich in Stockholm bleiben will. Ich versuche ihr zu erklären, dass meine Mut-

ter zwar eine fette Robbe, aber trotzdem meine Mutter ist. Aber nicht einmal Evin kann verstehen, dass man an einer Mutter hängt, die Tabletten schluckt und herumjammert. Dann fängt sie an, ihre Eltern schlechtzumachen, damit ich nicht mehr daran denken muss, wie unbrauchbar meine eigene Mutter ist. Ich unterbreche sie mit dem Hinweis, dass sie sich jetzt für den Wettkampf sammeln muss.

Beim lausigen Frühstücksbuffet am nächsten Morgen sind alle sehr aufgedreht. Mange und sein Trainerkumpel halten Motivationsreden, gehen die Zeiten durch und erinnern uns daran, wie wichtig eine gute Ernährung ist. Ich und Alvar sagen Tschüss, als die anderen zur Wettkampfhalle aufbrechen. Ich umarme Evin und verspreche, ihr die Daumen zu drücken. Mange ermahnt uns zur Vorsicht in der großen Stadt, bis ihm wieder einfällt, was ich ihm schon tausend Mal erklärt habe: dass ich mich fast überall zu Hause fühle. Er gibt uns Geld für die U-Bahn, kann Alvar aber fast nicht aus den Augen lassen.

»Mach dir keine Sorgen«, rufe ich ihm beim Hinausgehen zu.

13

Alvar schaut während der Fahrt aus dem Fenster, hinaus ins Schwarze. Ich frage mich, warum er sich nicht die Menschen ansieht, die in unseren U-Bahn-Wagen einsteigen. Es sind viele, und sie kommen von überallher. In jeder Hinsicht weit weg von Bokarp. Aber als wir aussteigen, scheint er zum Leben zu erwachen. Mir ist warm, und ich bin ein bisschen aufgeregt, als wir den großen Platz betreten. Da sind der Schnellimbiss, die Kebab-Bude, das Sushi-Restaurant, die Pizzeria, das Hipster-Restaurant, die Supermärkte, der Spielwarenladen, der große Geschenkladen, der Schlüsseldienst, der kleine Geschenkladen, der Eisenwarenladen ... Eigentlich sieht es hier gar nicht so anders aus als auf dem Marktplatz in Bokarp, es gibt nur einfach mehr Läden und viel mehr Menschen.

Ziemlich lange Zeit wusste ich nicht, dass es noch mehr auf dieser Welt gab. Ich wusste nicht, dass es noch die richtige Innenstadt gab, einen Teil der Stadt, der noch größer ist und in dem sich noch mehr Menschen aufhalten. Als ich ungefähr sechs Jahre alt war, durfte ich manchmal mit Freunden und ihren Eltern in die Stadt mitfahren. Wir sind ins Restaurant gegangen und haben auf der Drottninggatan eingekauft. Mit zehn bin ich dann alleine gefahren. Ich habe die U-Bahn genommen und bin die Straßen auf und ab gelaufen. Ich hatte nie auch nur die geringste Angst. Noch nie ist jemand wirklich gemein zu mir gewesen.

»Pedro!«

Ich renne auf den Mann zu, der aus dem Laden kommt. Er lässt seine Tüte los und breitet die Arme aus. Hebt mich hoch.

»Lass mal sehen …« Er setzt mich wieder ab, behutsam. »Ja, das ist Billie! Die alte Billie, keine neue!«

»Hast du eine neue Billie erwartet?«, lache ich.

Ich stelle Alvar Pedro vor. Er ist der Hausmeister an meiner alten Schule, und ich kenne ihn schon ewig. Er fängt an, Geschichten von damals zu erzählen, als ich noch ganz klein war. Dass ich von Anfang an immer das gemacht hätte, was mir passte. Dass ich rückwärts gegangen bin, wenn man vorwärts gehen sollte, dass ich mit Puppen spielte, als die anderen mit »Monster High« spielten, James Bond anschaute, als die anderen Disney anschauten. Pedro hat mich manchmal zu sich nach Hause eingeladen, aber ich habe ihn immer lieber spontan besucht. Nie wollte ich die Dinge so machen, wie man es von mir erwartete.

»Ihre Klassenlehrerin hat sich wahnsinnig über sie aufgeregt«, meint Pedro, »aber ich habe gesagt … Billie ist einfach Billie.«

Er erzählt, wie ich einmal mit sechs die Schule verlassen habe, um nach Tigern zu suchen. Pedro lacht ausgiebig und

fährt sich mit den Fingern durch das ölige Haar. Alvar steht wie verhext daneben und hört zu.
»Ich kann mich noch erinnern«, sage ich. »Ich bin nicht losgezogen, um nach Tigern zu suchen.«
»Warum dann?«, fragt Pedro.
»Ich hatte Hunger, also bin ich in ein Café gegangen und habe um ein Butterbrot gebeten. Die Mädchen, die dort arbeiteten, waren wahnsinnig nett.«
Pedro sieht mich erstaunt an.
»Habt ihr mich gesucht?«, frage ich.
»Natürlich«, antwortet er.
Ich denke an das eine Mal, als die Mädchen sauer waren, weil mich meine Lehrer nicht abgeholt haben.
»Ich kann mich noch erinnern, dass ich schrecklich lange gewartet habe.«
»Du bist einfach manchmal verschwunden. Das war kein großes Ding.«
»Wenn jemand anderes einfach so wegspaziert wäre, hätten sicher alle die Panik bekommen?«
Ich lächle Pedro an, damit er versteht, dass ich ihm nichts vorwerfe. Pedros Blick ruht eine Weile auf mir. Dann lächelt er breit und zupft ein wenig an meinen Dreads.
»Du bist doch nicht ganz dieselbe Billie. Man verändert sich. Alle verändern sich.«
Er umarmt mich ganz kurz und ergreift seine Tüte.
»Komm bald zurück. Die Schule wartet auf dich.«
Ich merke, dass Alvar stutzt. Das freut mich.

Wir gehen an vielen hohen und vielen niedrigen Häusern vorbei. Die hohen sehen ungefähr so aus wie die in Solkullen. Ich deute auf die Einfamilienhäuser mit Trampolinen in jedem Garten. Ich erzähle von Fanny und Nadja und Kamal und Noa, die dort wohnen. Ich erzähle, dass ich manchmal bei ihnen essen und auf ihren Trampolinen springen durfte. Noas Eltern wollten mich aufs Land mitnehmen, weil Noa mit mir zusammen immer so fröhlich war. Aber ich wollte bei Mama in der Wohnung bleiben. Sie und ich lagen auf dem Balkon und haben fast jeden Tag Erdbeeren gegessen.
Alvar scheint immer mehr zu vergessen, dass er deprimiert ist. Erst jetzt scheint ihm aufzugehen, dass ich ein ganzes Leben hatte, bevor ich nach Bokarp gekommen bin. Er stellt lauter Fragen: »Wer war das?«, »Warum?«, »Wann?«. Die Geschichten sprudeln aus mir heraus, verwandeln sich in ein Buch über ein Mädchen, das ein bisschen an mich erinnert, aber auch ein bisschen an jemand anderen. Alles wirkt, als sei es sehr lange her, fast wie aus einer ganz anderen Zeit.
Wir erreichen meine alte Schule, die neuer und viel größer ist als die in Bokarp. Sie ist an Wochenenden geschlossen wie alle Schulen. Mit Alvar auf den Fersen wetze ich um die Ecke. Er hilft mir eine Bank ans Fenster zu rücken, damit ich in mein Klassenzimmer schauen kann. Ich muss mich anstrengen, um etwas durch die schmutzige Scheibe zu erkennen. Alvar stellt sich neben mich und drückt die Nase ans Fenster.

An den Wänden hängen bunte Arbeiten, die meine Klassenkameraden angefertigt haben. In Geschichte haben sie sich mit der Freiheitszeit beschäftigt und in Erdkunde mit Hügelketten.
Ich frage mich, wer wohl an meinem alten Platz neben Nadja sitzt. Ein paar Schreibhefte liegen dort ordentlich aufgestapelt. Ich verspüre einen leichten Stich, als ich mich daran erinnere, wie Fanny, Nadja und ich an dem Tisch Gruppenarbeit hatten.
»Sie nehmen auch gerade die Freiheitszeit durch«, stellt Alvar fest. »Glaubst du, dass das alle Sechstklässler in ganz Schweden machen?«
»Keine Ahnung.«

Wir gehen die große Straße entlang an der Kebab-Bude vorbei. Alvar drängt sich näher an mich. Auch für mich ist der viele Verkehr ungewohnt, geradezu störend. Früher habe ich die Autos gar nicht bemerkt. Früher war das einfach eine von vielen Straßen in meinem Leben.
Wir nehmen die Abkürzung durch das Industriegebiet, das an Wochenenden schläft. Ich habe immer noch nicht den leisesten Schimmer, was sie in den quadratischen Klötzen ohne Fenster eigentlich herstellen. Einmal haben wir uns nach der Schule hineingeschlichen und in einer Ecke versteckt, ich und Nadja und Melvin. Das kommt mir vor wie vor dreitausend Jahren.
»Und, wie ist's?«

»Es gibt so viele Erinnerungen, für die ich in Bokarp keine Zeit mehr hatte. An Sachen, die früher geschehen sind.«
»Keine Zeit?«
»Meinetwegen auch *vergessen*.«
»Bereust du es, dass du mich mitgenommen hast?«
Ich schüttle den Kopf. »Warst du deswegen so finster? Weil du das geglaubt hast?«
»Warum hast du das dann zu Douglas gesagt? Wenn es nicht stimmt?«
Jetzt geht mir ein Licht auf. Natürlich musste Douglas Alvar noch lauter Scheiße erzählen, um ihm die Reise zu vermiesen. Ich werde so sauer, dass ich es bis in die Zehenspitzen spüre. Habe überhaupt keine Lust mehr, seine Nachrichten zu beantworten.
»Ich habe es nur ganz kurz bereut«, sage ich. »Aber jetzt nicht mehr. Ehrlich. Tut mir leid.«
Er nickt.
Da bekomme ich eine SMS von Nadja. Sie, Fanny und Melvin erwarten uns.

Als ich sie durch das Fenster entdecke, kommt es mir fast unwirklich vor. Wir haben uns mehrere Monate nicht mehr gesehen, also nicht in Wirklichkeit. Am Anfang hatten wir noch täglich Kontakt, aber dann immer seltener. Ich hatte keine Zeit mehr, alle Nachrichten zu beantworten.
Alvar fröstelt neben mir. In der Luft liegt beinahe Schnee. Stahlgrauer Himmel. Aber ich fühle mich weich und wohlig.

»Wie sind sie?«
»Total lieb.«
Alle sehen älter aus als in meiner Erinnerung. Nadja hat eine neue lila Haarfarbe. Melvin ist gewachsen. Fanny hatte beim letzten Mal noch keinen Busen, aber jetzt sind zwei Hügel zu erkennen.
Als wir uns umarmen, habe ich plötzlich alle gleichzeitig im Arm. Höflich begrüßen sie dann Alvar. Nadja mustert mich mit kritischer Miene. Dann strahlt sie über das ganze Gesicht.
»Sie sieht genauso aus wie früher. Du siehst aus wie immer.«
»Ist doch klar«, antworte ich.
Ich erzähle von Bokarp und sie hören mir zu, obwohl sie das meiste bereits gehört haben. Ich erkundige mich nach Freunden und alten Lehrern. Sie erzählen eine Geschichte nach der anderen, lachen sich über Sachen, die sie zusammen gemacht haben, halb tot und streiten darüber, wer was gemacht und gesagt hat. Alles ist genau wie früher – wir sitzen in der Kebab-Bude und reden – aber ich merke, dass sich nichts mehr wie früher *anfühlt*. Die Sache ist die, dass in ihrem Leben in den letzten Monaten tausend Dinge geschehen sind. Ihr Leben ist ohne mich weitergegangen, problemlos. Einerseits freut mich das, andererseits aber auch nicht.
Ich versuche, Alvars Blick aufzufangen. Er lächelt mir vorsichtig zu und rührt mit seinem Strohhalm in der Limo.

»Ich weiß nicht, ob ich noch wie früher bin«, sage ich.
Alle verstummen gleichzeitig.
»Wieso sollte man auch wie früher sein, wenn so viele Dinge geschehen?«, fahre ich fort. »Das wäre ja fast schon komisch. Ich meine ... ich bin tausend Kilometer weit von Mama weg zu einer Familie gezogen, die total anders ist ...«, ich werfe Alvar einen schnellen Blick zu, »und ich muss mich an ein Leben gewöhnen, das ... das war ganz schön ... anstrengend.«
Ich merke, dass mir die Worte immer zäher aus dem Mund kommen.
»Ich meine bloß, dass man sich, wenn man neue Dinge erlebt, verändert, ohne es zu merken.«
Am Tisch ist es jetzt totenstill. Ich tue den wohl schwersten Atemzug meines Lebens. Draußen geht ein gebeugter Mann hinter einem Trupp Jugendlicher mit hochgezogenen Kapuzen vorbei.
Sie fassen meine Hände, sagen, dass sie mich verstehen und dass sie mich lieben, *egal was*.
»Gut, dass es auch für dich ein bisschen anstrengend ist«, stellt Nadja fest. »Dann kann ich mich endlich mal ziemlich normal fühlen.«
Und dann erzählt sie von ihrem Vater, der offenbar spielsüchtig geworden ist. Wir einigen uns darauf, was zu tun ist, wenn man traurig ist: schluchzige Serien schauen und dazu diese runden weißen Süßigkeiten mit Karamell in der Mitte essen.

»Warum hast du unsere Chats nicht beantwortet?«, erkundigt sich Nadja mit unsicherem Blick.
»Sind wir dir egal, oder was?«, will Melvin wissen.
»Oder ist es, weil du neue Freunde hast?«, fragt Fanny.
Mir geht auf, dass sie sich austauschbar vorgekommen sind und das Gefühl hatten, dass sie mir nichts mehr bedeuten.
»Es ist manchmal einfach zu anstrengend, an alle Dinge zu denken, die einem fehlen«, sage ich mit komischer Stimme.
Draußen vor der Kebab-Bude umringen sie mich. Ich atme ihre verschiedenen Gerüche ein und weiß, dass bis zur nächsten Gelegenheit viel Zeit vergehen wird.
Bevor wir uns trennen, muss Alvar ihnen versprechen, dass er sich um mich kümmern wird. Er verspricht es und klingt dabei aufrichtig. Dann gehen sie, aber Alvar bleibt neben mir stehen. Verglichen mit ihnen sieht er noch wie ein Kind aus, obwohl er eine neue Jacke anhat.

14

Meine Augen sehen, was Alvars Augen sehen. Dass Mama eine Million Sachen besitzt, dass die Gardinen vorgezogen sind, dass die Tagesdecke auf Mamas Bett blumiger als blumig ist und dass sie schlecht zu den karierten Kissen passt. Die kleine, gemütliche Wohnung ist auf einmal eng und muffig, außerdem riecht es nach Zigaretten. Der Geruch von Zigarettenrauch ist schlimmer als alles andere, finden Mange und Petra. Sie kennen keine Raucher. Mange hat erzählt, dass es in seiner Schule zwei Cliquen gab: die Raucher und die, die nicht geraucht haben. Keiner, der bei den Feldbiologen dabei war, hat geraucht. Um es mal so zu sagen.

Mama lässt den Rollator los, um mich zu umarmen. Wir bleiben lange so stehen. Ihr Busen ist wie weiche Kissen. Meine Nase kribbelt, als könnten gleich Tränen kommen. Aber Alvar ist ja hier, also kein günstiger Moment dafür.

Mama betrachtet ihn eingehend.

»Alvar ... Ich habe schon einiges von dir gehört.«

Er streckt die Hand aus. Sieht dabei ziemlich ängstlich aus. Was habe ich mir eigentlich dabei gedacht, ihn mitzunehmen? Dass es Spaß machen würde? Dass er mich besser verstehen würde? Dass es ihm guttun würde, etwas anderes als die Nebenstraßen von Bokarp kennenzulernen? Es ist fraglich, ob die Zeitungsstapel sein Leben wirklich verändern können. Oder die Porzellankatze mit nur einem Ohr. Mama hat sie auf dem Flohmarkt gekauft, als ich noch klein war. Sie fand sie so hässlich, dass sie schon wieder schön war. Manchmal habe ich sie ins Bett unter die Decke gelegt, damit sie sich ausruhen konnte.

»Oje, hier ist es aber duster.«

Mama humpelt zum Fenster und öffnet die Gardinen. Im Hellen sieht alles nur noch schlimmer aus. Ich nehme mir vor, die Dinge auf die leichte Schulter zu nehmen. Ich sehe ja, dass Mama aufgeräumt hat, und das ist schon beachtlich. Das Bett ist gemacht. Mama hat noch nie in ihrem ganzen Leben ein Bett gemacht (»Man legt sich ja sowieso gleich wieder hinein!«), das muss also die Pflegerin gewesen sein.

Ich packe das Essen aus, das wir in der Thai-Bude gekauft haben. Ich will nämlich, dass Alvar mein Lieblingsgericht Pad Thai probiert. Er hilft mir dabei, den Tisch zu decken. Ich versuche, mir nichts daraus zu machen, dass kein Teller dem anderen gleicht.

Mama sitzt am Tisch und wartet. Ich sehe ihr an, dass sie Schmerzen hat, sich aber nichts anmerken lassen will. Ihr Haar sieht nicht gerade frisch gewaschen aus. Ihre Bluse ist über dem Busen so eng, dass man zwischen den Knöpfen hineinschauen kann.

Ich habe immer gefunden, dass sie ein eigenständiger Mensch ist, der sich für sich selbst schämen darf. Liegt es an Bokarp, dass ich plötzlich in meinem Inneren spüre, was Alvar von außen sieht? Hat die Familie Persson meine Sichtweise verändert?

»Ich bin so froh, dass Billie bei euch wohnen darf«, erklärt Mama Alvar. Ich höre, wie sie beim Sprechen keucht. So klingt sie immer, aber jetzt stört es mich. »War es anstrengend?«

»Ein bisschen.«

Mama kippt Sojasauce auf ihr Essen. »Man will doch keine fremden Leute zu Hause haben?«

»Iss!«, sage ich zu Alvar.

Er schiebt sich eine Gabel mit Nudeln in den Mund und kaut langsam.

»Schmeckt's?«

Alvar nickt. »Ich habe schon mal Pad Thai gegessen. Es gibt einen Thai-Imbiss in der Stadt. Ich war mit Max und seinen Eltern einmal dort.«

Ich sehe ihn erstaunt an.

»Wusstest du das nicht?«, fragt er.

Ich schüttle den Kopf. Das ist echt krank. Sie wohnen in der Nähe einer Thai-Bude, die sie noch nie ausprobiert haben. Ich werde sauer, stinksauer, weil sie so langweilig und das Gegenteil von neugierig sind, stinksauer, weil sie mir nichts davon erzählt haben. Habe ich ihnen etwa nicht erzählt, dass ich solches Essen liebe?

»Ich kapiere nicht, wie man einen wildfremden Menschen aufnehmen kann«, sagt Mama. »Ich will am liebsten alleine sein.« Sie lehnt sich zurück und legt eine Hand auf ihren runden Bauch. »Die meisten Menschen sind anstrengend. Und reden so dummes Zeug. Dann muss man zuhören und antworten, weil es sich so gehört. Nein, da ist es viel besser, allein zu sein.«
Mama fängt Alvars Blick auf, damit er versteht, dass jetzt etwas Wichtiges folgt. Sie deutet mit einem steifen Zeigefinger zum Fenster.
»Dort draußen muss man geschickt sein. Man soll gesellig sein und sich mit allen verstehen. Hier drin muss man kein Wort sagen. Nichts wird von einem erwartet.«
Alvar hat auf einmal eine kleine Falte zwischen den Augen. Sagt kein einziges Wort. Könnte er sich nicht ein bisschen mehr Mühe geben, wenigstens mir zuliebe?
Er kaut einfach weiter. Mama auch. Sie verschlingt ihre Portion in circa drei Minuten, dann macht sie sich über meinen Teller her.
»Wir essen jetzt die Küche leer!«, ruft sie. »Wir werden jetzt schlemmen!«
Sie steht auf und geht keuchend zum Gefrierschrank. Öffnet die Tür und holt ein Eispäckchen nach dem anderen hervor, die teuerste Sorte: Chocolate Chip, Marshmallow, Erdbeere und Fudge. Sie kommt zurück und lässt alles vor Alvar auf den Tisch fallen.
»Iss!«

Er öffnet die Packung mit dem Erdbeereis und nimmt vorsichtig drei Löffel. Mama sieht ihn streng an.
»Bei uns wird gegessen, bis man umfällt! Siehst du mir das nicht an?«
Eingeschüchtert macht er weiter, bis der tiefe Teller fast voll ist. Die Frage ist, ob Alvar je in seinem Leben so viel Eis auf seinem Teller gehabt hat. Anfangs isst er zurückhaltend, aber bald geht es schneller. Und je mehr Eis er verdrückt, desto mehr scheint er aufzutauen.
»So ist's gut!«, sagt Mama.
Er legt den Löffel beiseite und sieht sie lange an.
»Ich bin auch gerne alleine«, sagt er.
»Hast du keine Freunde?«, erkundigt sich Mama.
»Ich brauche nicht so viele. Vielleicht zwei. Für mehr ist doch keine Zeit?«
»Nein, und ehrlich gesagt, ist es gar nicht so einfach, überhaupt zwei zu finden.«
Sie erzählt anschaulich von allen, mit denen sie sich im Laufe ihres Lebens schon zerstritten hat. Da waren Kristin und Lena und Erik und ein Idiot namens August. Da waren auch diese eingebildete Cassandra und die geizige Kollegin, deren Namen sie vergessen hat. An jedem Arbeitsplatz gab es nach einer Weile Schwierigkeiten.
»So ist das einfach«, meint Mama vergnügt. »Nach all diesen Jahren habe ich eingesehen, dass sich daran nichts ändern lässt. Ich bin so, wie ich bin, und komme mit anderen Leuten einfach nicht zurecht.«

Sie fixiert Alvar mit dem Blick. »Darum sage ich dir, sei, wie du bist! Sei menschenscheu, wenn dir danach ist!« Scherzhaft schüttelt sie die Faust. »Mehr Macht für die Menschenscheuen!«

Alvars Mundwinkel rutschen einen Zentimeter nach oben. Ich weiß ja, dass es Mama gar nicht guttut, so lange allein zu sein. Mit jedem Jahr wird sie übellauniger und nerviger. Die Pfleger kündigen. Kein Mensch außer mir hält sie auf Dauer aus. Ihre Ratschläge sollte man also lieber mit Vorsicht genießen. Das kann Alvar natürlich nicht wissen.

»Jetzt muss ich ausruhen!«

Ich helfe ihr aufzustehen. Ihr Körper wirkt schlaff. Ganz überraschend rutscht sie mir aus den Armen und fällt mit einem lauten Plumps auf den Boden. Sie stößt einen Schrei aus.

Alvar springt auf und hilft mir, sie wieder aufzurichten. Sie jammert, dass sie sich bestimmt sämtliche Knochen gebrochen hat. Wir bringen sie ins Bett. Mehrere Minuten lang ist sie nicht ansprechbar, weil sie einfach nur weint. Das ist neu. Wütend und genervt war sie schon immer, und fröhlich und liebevoll. Aber sie hat nie viel geweint. Alvar lehnt am Rollator und weiß nicht recht, was er jetzt machen soll.

Langsam beruhigt sich Mama und lässt sich dann über das blöde Pflegepersonal und ihre Geldsorgen aus.

»Wenn ich dich nicht hätte, würde ich mich umbringen.«

Alvar erklärt, dass er jetzt gehen muss.

Wir stehen uns in der Diele gegenüber. Mir ist klar, dass er mich in einem neuen Licht sieht. Ist wohl genauso gut.
»Bis morgen«, sagt er.
»Ja«, antworte ich. »Du findest den Weg?«
Er nickt. Und geht.
»Billie!«, ist Mama zu hören.
Sie scheint sich für heute genug angestrengt zu haben, sie keucht und lallt so sehr, dass ich kaum verstehe, was sie sagt. Ich hole ihre Tabletten. In dem durchsichtigen Plastikschächtelchen liegen mehr Pillen als beim letzten Mal. Sie schluckt ein paar, und ich krieche zu ihr ins Bett und dränge mich dicht an den warmen Körper, der nach Schweiß riecht, ohne dass es unangenehm ist.
»Vergiss nicht, dass ich dich liebe«, sagt die Robbenmutter. »Und alles, was du auch anpackst, gelingt.«
»Bist du sicher?«
»Ja«, antwortet Mama. »So ist das einfach mit dir.«

Eine der Tabletten muss eine Schlaftablette gewesen sein, denn plötzlich ist Mama eingeschlafen. Ich ziehe ihren Computer heran und schaue mir nonstop fünf Folgen einer französischen Serie an. Früher einmal hat Mama eine Sprachreise nach Frankreich gemacht. Ich weiß nicht, wie oft sie schon erzählt hat, wie sehr sie alle Franzosen hasst.
Am nächsten Morgen liege ich wach neben ihr im Bett. Nur ein paar feuchte Strähnen schauen unter der Decke hervor.

Ihr Körper hebt und senkt sich. Beim Erwachen ist sie immer noch müde und hat Schmerzen. Sie bittet mich, hinunterzugehen und Frühstück zu holen, weil sie das gestern vergessen hat. – Es gibt also nichts zu essen, obwohl sie wusste, dass ich sie besuchen würde.
Natürlich haben wir mehrmals wöchentlich geskypt, natürlich sind mir ihre vampirbleiche Haut und bleischweren Augenlider aufgefallen. Aber wir haben auch gelacht, über Dinge, die wir im Fernsehen gesehen haben oder die uns sonst seltsam vorkamen. Fast immer hat sie mir zugehört und mich ermuntert. Vielleicht wollte ich ja glauben, dass alles besser ist.
Wir frühstücken und schauen uns eine Sendung über einen Datingvermittler für Superreiche an. Mamas Laune bessert sich. Wir lachen darüber, wie verrückt manche Leute sind. Nichts findet Mama lustiger als verrückte Leute.
»Unglaublich«, sagt sie und deutet auf die zurechtgemachten Frauen im Fernseher. »Sie haben sich selber zu Monstern gemacht! Wer will schon so eine haben?«
Aber ziemlich schnell wird sie wieder müde.
»Lass uns einfach nur daliegen und reden!«
Ich erzähle von Alvars Wandbild und dass Petra ein Buch schreibt. Dann singe ich ihr Lieder vor, die wir im Chor einüben. Zuletzt erzähle ich ihr auch noch von Douglas. Ich weiß nicht, was ich eigentlich erwartet habe, vielleicht, dass sie sich freut, weil ich jemanden getroffen habe, den ich mag.

Aber Mama erzählt nur von einem Typen, in den sie sich verliebt hat, als sie in meinem Alter war. Er hieß Jonas und war in einer Band, die immer auf den Schulabschlussfeiern gespielt hat. Die Songs waren ziemlich blöd, aber das hat Mama nichts ausgemacht, weil er ja so süß war. In der achten Klasse wurden sie dann ein Paar.

»Er wollte immer alles entscheiden, dieser Jonas. Scheußlich, mit jemandem zusammen zu sein, der wahnsinnig verknallt ist. Mit den anderen ist viel leichter umzugehen.«

Ich weiß aber, dass Mama überhaupt nicht mit Leuten umgehen kann, egal, ob sie mit ihr zusammen sein wollen oder nicht. Als ich klein war, hatte sie verschiedene Typen. Einer ließ seine Schnupftabak-Dose zurück, ein anderer seinen Slip.

»Mach Schluss, bevor er mit dir schlafen will!«

»Mama, ich bin doch erst zwölf!«

Ich verdrücke mich aufs Klo. Das Waschbecken ist voller Zahncremespritzer. Nicht gerade wie bei den Perssons. Das Klo neben meinem Zimmer riecht nach Veilchen. In Mamas Badezimmer muss ich mich fast übergeben. Was ist in Bokarp bloß mit mir geschehen? Ich bin doch sonst nie wütend auf Mama. Und jetzt würde ich am liebsten mit der Faust auf den Spiegel hauen, weil sie nur an sich selbst denkt.

Als ich zurückkomme, ist sie schon wieder eingeschlafen.

Ich bin mit Alvar auf dem Sergels Torg mitten in der Stadt verabredet. Wie er da so steht, sieht er kleiner und einsamer aus denn je. Sein Blick gleitet über die Menschen, die mit ihren Einkäufen an ihm vorbeiziehen oder in Grüppchen um ihn herum stehen. Viele von ihnen sind Drogendealer. Aber das verschweige ich Alvar.
Wir spazieren in der Altstadt durch die holprige Straße mit den vielen Souvenirläden. Ich friere in meinen Turnschuhen und wünsche mir, ich hätte die festeren neuen angezogen. Dann lädt er mich in ein Café ein. Der Kuchen ist gut, bleibt mir aber im Hals stecken. Ich muss ihn runterwürgen.
»Was ist los?«, fragt Alvar.
»Ich kann nicht bei Mama Weihnachten feiern.«
Im gleichen Moment sehe ich unser Weihnachten vor mir. Wir bereiten nicht übertrieben viel vor, aber es gibt immer etwas Weihnachtliches zu essen, wir hängen die Weihnachtsgardinen auf und legen die Weihnachtsdecke auf den Tisch. Sie hat einen Fleck, der nicht rausgeht, egal, wie viel man mit Waschmittel reibt.
»Warum?«, fragt Alvar.
»Sie kommt nicht mit mir klar. Und ich komme nicht mit ihr klar.«
»Du kannst doch mit uns feiern.«
»Super«, antworte ich müde.
Alvar bricht in Gelächter aus. »Ich schnitze dir ein Weihnachtsgeschenk, versprochen.«
Da muss auch ich lachen. Wir lachen so laut, dass uns der

Typ am Nebentisch genervt anschaut. Wahrscheinlich stören wir ihn bei seinem romantischen Stündchen mit seiner Freundin. Ich sehe ein, dass ich mich damit abfinden muss, dieses Jahr auf ein sauberes Tischtuch zu starren. Ich muss mich mit der Familie Persson abfinden. Immerhin ist auf sie Verlass.

15

Douglas sitzt in der ersten Stunde nicht auf seinem Platz. In der zweiten auch nicht. Und nicht in der dritten. Er fehlt den ganzen Tag und beantwortet meine SMS nicht. Nach der Schule gehe ich zum Tischtennis, bin aber ziemlich lustlos. Behaupte, ich hätte Kopfweh, und verdufte, bevor Mange zu viele Fragen stellen kann. Mir fehlt die Kraft, auf Douglas sauer zu sein, weil er mich bei Alvar verpetzt hat. Das bringt einfach nichts. Ich war blöd, und er war blöd. Jetzt sind wir quitt.

Ich fahre nach Solkullen. Renne die vielen Stufen hinauf. Klingle mit ungeduldigem Finger. Die Tür wird aufgerissen. Ich spüre, wie mich der Gedanke, ihn zu sehen, mit einem warmen Gefühl erfüllt. Aber dann steht da nur Jens. Zum ersten Mal fallen mir seine Tätowierungen auf. Eine Schlange, die sich um einen Totenkopf windet.

»Hallo!«, sagt er erstaunt.

In der Wohnung riecht es nach Essen.

»Ist Douglas zu Hause?«

»Nein.«

Im nächsten Moment höre ich ein Geräusch. Hat sich Douglas aus irgendeinem Grund versteckt? Aber dann

taucht Petra im Hintergrund auf. Sie trägt einen übergroßen Pulli und hat das Haar zu einem unordentlichen Pferdeschwanz zusammengefasst.
»Billie?«
Sie kommt auf mich zu, umarmt mich und erkundigt sich, wie es in Stockholm war. Ich begreife nicht, was sie hier macht. Vor nicht allzu langer Zeit waren Jens und sie gar nicht gut aufeinander zu sprechen. Ich habe das Gefühl, sie bei irgendetwas gestört zu haben. Als mich Jens also zum Abendessen einlädt, nehme ich dankend an. Ich setze mich zu Petra in die Küche, während die Fleischwurst im Ofen brutzelt.
»Worüber redet ihr gerade?«, frage ich.
»Das Leben«, antwortet Jens und starrt durch die Scheibe in den Ofen. »Das fucking Leben.«
»Was ist daran so fucking?«
Er und Petra sehen sich an.
»Nichts ist *fucking*«, sagt Petra und klingt dabei, als hätte sie das Wort zum ersten Mal in ihrem Leben ausgesprochen.
»Nicht?«, fragt Jens.
Petra lächelt mir höflich zu. »Wie geht es deiner Mutter?«
Ich erzähle ihr das Wichtigste: dass sie so krank ist, dass ich nicht bei ihr Weihnachten feiern kann. Petra nimmt meine Hand in ihre beiden. Ihre Hände sind eiskalt, aber ihre Augen blicken freundlich. Erst jetzt fällt mir auf, dass sie abgenommen hat, vielleicht liegt das ja an dem großen Pulli. Isst sie etwa nicht genug?

»Ich will ja, dass du mit uns feierst«, sagt sie.
»Wie geht es mit dem Buch?«, frage ich.
Sie zieht ihre Hände zurück. »Es geht voran. In kleinen Schritten.«
»Was für ein Buch?«, möchte Jens wissen.
»Das weißt du doch. Das über die Trauer.«
»Aha.« Aber sein Blick ist immer noch verständnislos.
Er stellt die dampfende, feuerfeste Form auf den Tisch. Dazu einen Kochtopf mit Kartoffeln. Was wohl Petra davon hält? Bei den Perssons wird alles immer in Schüsseln umgefüllt.
Er fragt mich, ob ich gerne Limo zum Essen hätte.
»Dass du hier bist, ist ja fast ein Grund zum Feiern«, sagt er scherzhaft.
Das Essen ist lecker. Jens freut sich über mein Lob.
»Tja, nach all diesen Jahren kann man doch so einiges.«
Und wieder habe ich das Gefühl, dass sie eigentlich alleine sein wollen.
»Habe ich euch bei was gestört?«
»Nur Erwachsenengerede«, meint Jens. »Aber das können wir später fortsetzen.«
»Worüber habt ihr geredet?«
»Jens hört mir zu«, erwidert Petra rasch.
Jens schenkt sich Wasser ein. »Dieses Mal hat Petra die Probleme. Das ist mal was Neues.«
»Kein großes Ding«, meint Petra.
»Nein, natürlich nicht«, sagt Jens. »Nicht wie bei mir. Als Martina verschwand, Douglas' Mutter, du weißt schon ...«

Er sieht mich an, als hätten wir schon einmal darüber gesprochen, »da war ich vollkommen fertig.«
Er streckt seine Beine unter dem Tisch aus, sodass sie mit meinen zusammenstoßen. Er scheint es nicht zu bemerken.
»Was ist passiert?«
»Tja ... es ging ihr nicht so gut. Sie war ... anders.«
»Wie anders?«
Petra erhebt sich und beginnt, die Teller abzuräumen. Es gefällt ihr nicht, dass Jens mit mir wie mit einer Erwachsenen redet.
»Sie ... war schüchtern.«
»Was geschah, als sie verschwand?«
Jens stößt einen tiefen Seufzer aus. »Nach Douglas' Geburt wollte sie kaum mehr etwas machen. Irgendwie war sie nie mehr froh.« Sein Blick bleibt an der Wand hängen. Seine Hände fingern an der Serviette. »Eines Tages war sie einfach weg, und ... sie hatte Douglas alleine zu Hause gelassen. Ein Nachbar hörte ihn schreien.«
»Ist sie wieder nach Hause gekommen?«
»Ja, aber dann verschwand sie noch einmal. Und danach kam sie nie wieder zurück.«
Ich halte die Luft an. »Ist sie tot?«
Er schüttelt den Kopf. »Ich glaube nicht. Vor fünf Jahren kam eine Postkarte. Aus Israel. Ich habe keine Ahnung, was sie dort macht.«
»Und dann?«
»Ich habe nichts mehr gehört.«

Jens erhebt sich und geht mit schweren Schritten zur Spüle. »Aber am Schlimmsten ist es für Douglas. Er verkraftet es nicht, wenn ich weg bin und mich nicht melde. Dann geht es ihm lausig. So richtig.«
Ich spüre plötzlich einen Kloß im Hals. Ich habe in Stockholm eine Nachricht von ihm erhalten. Zuerst hatte ich keine Zeit, sie zu beantworten, und dann war ich sauer, weil er Alvar lauter Dinge erzählt hatte. Also habe ich ihm erst heute eine SMS geschickt, als er nicht in der Schule war. Ich nehme mein Handy hervor und checke die SMS vom Wochenende. Fünf unbeantwortete Nachrichten von Douglas. In der letzten steht nur: »??????« Ich erkläre, dass ich nach Hause muss. Petra ruft mir nach, dass wir uns bei der Chorprobe sehen. Noch bevor ich die Wohnung verlassen habe, sind sie wieder in ihr Gespräch vertieft.

Draußen auf dem Hof weht ein eisiger Bokarpwind. Die kalte Luft fährt mir zwischen Hose und Sneakers unter die Kleider. Ich schicke Douglas verschiedene Nachrichten in allen erdenklichen Foren. Und auch Leuten aus der Klasse. Niemand hat ihn heute gesehen. Ich bitte Salim, herunterzukommen und mich bei den Schaukeln zu treffen.
Auch er hat heute noch nichts von Douglas gehört und will wissen, warum ich mich als Polizistin aufspiele, statt mich um meine eigenen Dinge zu kümmern. Als ich ihn frage, ob Douglas in letzter Zeit down gewesen sei, schaut er mich an, als ob ich verrückt wäre.

»Ich will es wissen, weil ich mir Sorgen mache! Kapierst du das denn nicht?«
»Okay«, meint Salim. »Vielleicht ist er bei Vanessa.«
Ein Stich in der Magengegend. »›Vanessa mit dem Hintern‹? Warum sollte er dort sein?«
»Warum sollte er *nicht* dort sein?«
Sein Handy plingt. Er wirft einen Blick auf das Display und geht auf sein Haus zu.
»Wo wohnt sie? Heh!«
Ohne sich umzudrehen, deutet er auf eines der Häuser. »Ihr Nachname ist Petrovic.«
Die Gedanken wirbeln wie ein Tornado in meinem Kopf herum. Habe ich jetzt mit Douglas auch alles versiebt? Fast alles mit Mama ist eine Katastrophe, mit Douglas darf es nicht genauso werden.
Ich checke die Namen im Eingang und fahre dann mit dem Aufzug in den dritten Stock. Drücke auf die Klingel. Die Tür geht auf. »Vanessa mit dem Hintern« sieht mich an, als hätte ich einen ernsthaften Fehler begangen.
»Ist Douglas hier?«
Sie schüttelt den Kopf und wirft ihr langes Haar nach hinten. In der Wohnung klappert es.
»Wer ist das?«
»Mama. Sie wohnt hier.«
Mir ist klar, dass ich jetzt gehen müsste, aber irgendetwas hält mich zurück.
»Darf ich reinkommen?«

»Wir kennen uns doch gar nicht.«
»Trotzdem?«
Sie verzieht das Gesicht und tritt dann beiseite. Ich gehe hinein und begrüße die Mutter, die am Herd steht. Ich gehe ins Wohnzimmer weiter. Ihre kleine Schwester liegt auf dem Sofa und schaut auf ein iPad.
»Er ist nicht hier«, sagt Vanessa hinter mir.
Ich hole tief Luft, bevor ich die Tür zu Vanessas Zimmer öffne, und mache mich auf das Schlimmste gefasst. An der Wand hängt ein Poster von Beyoncé, und auf dem Nachttisch liegt ein Buch. Ich habe seit zwei Jahren kein Buch mehr gelesen. Vanessa schon. Wie wenig man doch über die Leute weiß.

Spät, kurz bevor ich am Abend das Licht ausmache, kommt eine Nachricht von Douglas: »Es ist Schluss.«

16

Petra möchte, dass wir uns einen gemütlichen Nachmittag machen, nur wir zwei. Ich überlege mir, was wohl Alvar und Tea davon halten. Sie haben sie ja nie für sich, weil immer alles gemeinsam gemacht werden muss. Aber seit Petra und Mange getrennt leben, hat sich einiges verändert. Offenbar darf man mit dem Pflegekind Dinge unternehmen, die man mit den eigenen Kindern nicht macht.
Ich stehe auf der gelben Frotteematte im Badezimmer hinter der angelehnten Tür, während Petra zu Alvar ins Zimmer geht, um ihm die Lage zu erklären. Sie senkt ihre Stimme, damit ich sie nicht höre. »Billie muss auch einmal verwöhnt werden, nicht wahr?«
Eigentlich habe ich überhaupt keine Lust, in die Stadt zu fahren und ins Schwimmbad zu gehen. Mich beschäftigen ganz andere Dinge. Douglas schaut mich in der Schule nicht an und beantwortet keine meiner Fragen. Meine Entschuldigungen nützen nichts. Ich habe heute Nacht nicht schlafen können und die Nacht davor auch nicht. Ich weiß nicht, was schlimmer ist: dass ich ihn verletzt habe oder dass er Schluss gemacht hat. Kann es sein, dass ich unter Angstzuständen leide? Eines Tages habe ich den Eindruck, dass

mir das Atmen schwerfällt und ich keinen Appetit habe. Ich esse nur zwei Kartoffelklöße statt wie sonst fünf. Aber dann werde ich von einem Lachanfall geschüttelt, als Evin einen YouTuber nachahmt, und muss umdenken. Das ganz normale Leiden ist gar nicht so leicht zu erkennen, wenn man noch nicht besonders viel gelitten hat.

Ich darf vorne neben Petra sitzen. Sie hat sowohl Kajal als auch Lippenstift aufgetragen und sagt, sie möchte zum Friseur und ich soll sie beraten. Dann dreht sie das Radio auf. »Dieser Song! Ahhhh!« Sie versucht, die zweite Stimme mitzusingen: »*Walking on, walking on, walking on broken glass*!«

Dann dreht sie wieder leiser.

»Von Annie Lennox hast du doch sicher schon mal gehört? Nein, natürlich nicht.« Sie summt noch ein bisschen weiter. »Dieser Song kam in einer Phase heraus, als ich keine Christin sein wollte. Er ist mir ein halbes Jahr lang im Kopf herumgeschwirrt.«

»Und was geschah dann?«

»Alles Mögliche«, erwidert sie geheimnisvoll.

Im Schaufenster des Friseurs hängen Girlanden und Lametta. Ein Adventsstern aus Glas blinkt unermüdlich in verschiedenen Farben. Jedenfalls ist er lustiger als die weißen, die bei den Perssons in jedem Fenster hängen. Als wir eintreten, ertönt gerade »White Christmas« aus den Lautsprechern, obwohl es erst Anfang Dezember ist. Die Friseuse

hebt interessiert meine Dreadlocks an und mustert eine nach der anderen. Ich muss darauf hinweisen, dass Petra die Hauptperson ist. »Pass bloß auf, dass die Flechten nicht schimmeln«, rät mir die Friseuse.
Sie will gerade mit dem gewöhnlichen Haarschnitt beginnen, da protestiert Petra.
»Neee, also ... Heute brauche ich verdammt noch mal was Neues!«
Die Friseuse lässt die Schere sinken.
»Und zwar was?«
»Kurz! Das hatte ich noch nie. Doch, vor langer Zeit, als ich siebzehn war. Und das war ja keine üble Phase in meinem Leben.«
Während sie sich die Haare schneiden lässt, lese ich in den Illustrierten Artikel über Leute, deren Namen ich noch nie gehört habe. Ausnahmslos alle haben sich entweder getrennt oder sind ein Paar geworden. Ist das die einzige Beschäftigung, über die es sich lohnt zu schreiben? Als ich aufblicke, sitzt Petra vollkommen erstarrt da und sieht sich entsetzt im Spiegel an. Ich habe Angst, dass sie ausrastet, also gehe ich zu ihr und lächle sie im Spiegel an.
»Du wirst die Schönste in der ganzen Kirche sein.«
Sie scheint mir nicht unbedingt zu glauben.
»Und du siehst total sexy aus«, sage ich. Aber aus irgendeinem Grund hört sie das nicht so gerne.
Ihre schmalen Hände zittern beim Bezahlen.
Draußen auf der Straße zieht sie an den kurzen Strähnen

und geht vornübergebeugt, als wolle sie sich verstecken. Ich rede drauflos, damit sie ihre Frisur vergisst, und erzähle, wie ich einmal Käfer in meinen Dreadlocks entdeckt habe. Petra fängt an, davon zu faseln, dass ich meine Haare schneiden muss, weil die Flechten ein »hygienisches Problem« darstellten. Ich beruhige sie mit der Erklärung, dass ich die Flechten mit einem Mittel gewaschen habe, das alles Lebendige abtötet. Petra zieht ihre Mütze über die Ohren und sagt, dass »wir jetzt lieber das Thema wechseln«.

Schwimmen hat mir noch nie Spaß gemacht. Vielleicht, weil Mama Wasser hasst. Sie sagt immer, dass es »irrsinnig« ist, sich vor fremden Leuten die Kleider auszuziehen. In der dritten Klasse war ich die Einzige, die nicht schwimmen konnte, also musste ich mit zwei anderen aus der Schule zum Extraunterricht ins Schwimmbad. Der eine hat ununterbrochen geweint und sich geweigert, ins Becken zu steigen. Ich habe Anlauf genommen und bin einfach reingesprungen, ohne zu wissen, wie tief es war. Ich dachte, da seien ja genug Leute, die mich retten könnten, falls etwas schiefginge. Aber die haben erst nach einer halben Ewigkeit reagiert. Seitdem war ich immer nur zur Schwimmprüfung im Wasser.

Beim Umziehen werfe ich einen verstohlenen Blick auf Petra. Ihr Hintern ist mager und ihre Hüftknochen treten hervor. Selber sehe ich wie eine Witzfigur aus, weil ich mir von Tea einen zu kleinen (rosa!) Badeanzug ausgeliehen habe.

Aber jetzt will ich diese Sache halbwegs glatt über die Bühne bringen, Petra zuliebe. Wenn das ihrer Vorstellung von einem netten gemeinsamen Nachmittag entspricht, dann ist das halt so.

Beim Blick in den Spiegel scheint ihr übel zu werden, und sie zieht verzweifelt an ihrem Haar im Nacken.

»Sieht gut aus«, sage ich. »Du bist tausend Mal cooler als die anderen langweiligen Christen mit ihren Mittelscheiteln.«

»Es sieht also nicht ›tantig‹ aus?«

Entschieden schüttle ich den Kopf und streife die gelbe Badekappe über, die mir Petra an der Kasse gekauft hat. Meine Flechten brauchen mindestens drei Stunden, um zu trocknen, also war das sicher eine gute Idee. Ich hoffe nur, dass ich keinen Leuten begegne, die ich kenne. Selbst für mich gibt es Grenzen der Peinlichkeit. Ich betrachte mich im Spiegel und bin mir bewusst, dass sich Evin halb totgelacht hätte. Als wir die Schwimmhalle betreten, will ich sofort wieder kehrtmachen. Das liegt an den Geräuschen und diesem scharfen Geruch. Jugendliche stürzen sich vom Sprungturm, Kinder zappeln und kreischen im Wasser. Macht ihnen das wirklich Spaß? Bestimmt tun sie nur so, weil die Erwachsenen glauben, dass Kinder Schwimmbäder *lieben*. Sie tun einfach, was ihrer Auffassung nach von ihnen erwartet wird. Genau wie ich. Heute.

Ich steige in das kühle Wasser. Petra wartet im Becken auf mich. Mit nassem Haar sieht ihr Kopf winzig aus, aber das sage ich ihr nicht.

Wir schwimmen nebeneinander. Petra freut sich so darüber, dass wir *zusammen* schwimmen. »Oh, wie wunderbar! Ist es nicht angenehm, Billie?« Aber bereits nach der halben Bahn kommt uns eine wütende ältere Frau entgegen. »Nebeneinander schwimmen ist verboten!«, zischt sie.
Nach zwei Bahnen werde ich langsam müde. Der Abstand zwischen mir und Petra wird immer größer. Mein Mund gerät immer wieder unter Wasser. Mitten in einem Schwimmzug merke ich, dass ich keinen Halt unter den Füßen habe, und im nächsten Moment gerate ich in Panik.
»Hilfe!«, wimmere ich.
Ich sinke. Schaffe es an die Oberfläche. Sinke erneut. Die zappelnden Beine anderer Leute im türkisblauen Wasser. Bläschen aus meinem Mund. Da spüre ich einen festen Griff um die Taille. Und schwupp bin ich an der Oberfläche. Ich spucke und fauche in Petras Arm. Sie schwimmt auf dem Rücken, den Arm wie ein Rettungsschwimmer um meinen Körper geschlungen, zum Beckenrand.
»Billie ... kleine Billie ...«
Ich umklammere das Geländer. Immer wieder erklärt sie mir, wie dumm sie doch sei. Warum hätte ich denn nicht gesagt, dass ich müde bin? Ich klettere die Leiter hinauf. Petra legt mir ein Handtuch um die Schultern, hält mich fest an der Hand.
Zum Auftauen sitzen wir schweigend auf der warmen Holzbank in der Sauna. Zwei Mädchen unterhalten sich über ein Gartenprogramm, das sie sich im Fernsehen angeschaut

haben. Es gefällt ihnen gar nicht, dass sich die Frau mit den Blumen beschäftigt, während der Mann alles erledigt, wozu es Muskeln braucht. »Total *stereotyp*!«

Die Mädchen verlassen die Sauna. Petra starrt vor sich hin. Ihr Gesichtsausdruck ist vollkommen leer. Der Schweiß läuft ihr in zwei Bächen die Wangen hinunter. Plötzlich merke ich, dass es Tränen sind.

»Mir geht es wieder gut«, sage ich. »Du hast mich gerettet.«

Sie schaut mich an.

»Kleine Billie, wenn du nur wüsstest ...«

»Was denn?«

»Ich schreibe gar kein Buch.«

»No shit?« Ich versuche, sie anzulächeln.

»Natürlich hast du es gewusst«, sagt sie und wischt sich die Tränen mit dem Handtuch weg.

»Genau.«

»Wir verstehen uns nicht mehr so gut, Magnus und ich. Wir haben beschlossen, uns scheiden zu lassen. Und du bist beinahe ertrunken ... Wie konnte ich nur?« Ihre Stimme wird brüchig, geht in Flüstern über. »Kannst du mir verzeihen?«

Ihr magerer Körper zittert, als würde sie trotz der Hitze erfrieren. Wenn Schlussmachen solche Auswirkungen hat, dann weiß ich gar nicht, was das mit Douglas und mir eigentlich war. Tagsüber vergesse ich manchmal sogar, dass es überhaupt geschehen ist.

In der Umkleide darf sich Petra erst einmal auf eine Holzbank setzen, während ich ihre Haare mit dem Schwimm-

badföhn trockne. Als ich fertig bin, will sie, dass ich noch ein bisschen weitermache. »Es ist so angenehm, Billie. Wahnsinnig angenehm.«
Draußen vor dem Schwimmbad ruft Petra Mange an und erklärt ihm, dass sie es Alvar und Tea erzählen müssen. Dann fahren wir nach Hause in das braune Haus. Petra umklammert das Lenkrad und scheint nichts von ihrer Umgebung wahrzunehmen. Die neue Frisur ist vollkommen vergessen. Ich sitze mit einem unguten Gefühl im Magen neben ihr. Was wird jetzt mit der Familie, mit Alvar und Tea geschehen? Und wenn das jetzt das Ende ist?

Die ganze Familie hat sich am Küchentisch versammelt. Tea sagt nochmals, dass ihr Petras Frisur gefällt. »Du siehst gut aus, Mama«, erklärt sie. Als hätte sie verstanden, dass Petra jetzt Zuspruch gebrauchen kann. Mir fällt auf, dass niemand die Krümel aufgewischt hat.
Mange wickelt sich seinen Pferdeschwanz um den Zeigefinger und sucht nach den richtigen Worten. Er scheint sie nicht zu finden. Petra sitzt mit aufrechter Haltung da und wartet. Worauf? Das fragen sich Alvar und Tea auch. Beide sehen mich fragend an, als müsste ich alles erklären.
»Sie lassen sich scheiden«, sage ich.
Petra legt ihren Arm um Tea und zieht sie an sich. Mange versucht das Gleiche mit Alvar.
»Warum?«, fragt Tea und betastet Petras rasierten Nacken.
»Wir mögen uns, aber ...«, antwortet Petra.

»Ja, wir mögen uns ...«, stimmt Mange zu.
»Das tun wir wirklich«, sagt Petra.
»Ja, sehr sogar«, meint Mange. »Wirklich sehr.«
»Aber ...«
»Aber?«, fragt Tea.
»Manchmal geht es trotzdem nicht«, fährt Mange fort.
»Ja, es lässt sich nur schwer erklären«, sagt Petra. »Zwei Menschen, die sich mögen, schaffen es vielleicht trotzdem nicht, zusammenzuleben. Ich hätte nie geglaubt, dass es geschehen könnte ... aber so bitter ist nun mal die Realität.«
Alvars Gesicht verzerrt sich, was mich fasziniert und gleichzeitig erschreckt. Alvar, der doch nie seine Gefühle zeigt. Petra und Mange erzählen weiter, was jetzt geschehen wird. Niemand muss sich Sorgen machen, sie werden abwechselnd im Haus wohnen, und vor der Scheidung muss erst noch die Trennungsfrist vergehen. Ich kauere mit untergeschlagenen Füßen auf meinem Stuhl und zittere in meinem langärmligen Hoodie. Zum ersten Mal seit Langem wird mir die Kälte wieder bewusst. In meinem Kopf ertönt Musik wie in den Fernsehserien, wenn gleich etwas Unheimliches passiert. Ich sehe vom einen zum anderen. Mange sitzt reglos und mit erstarrtem Lächeln da. Petra wischt die Krümel vom Tisch in ihre Hand, als gäbe es nichts Wichtigeres auf der Welt. Tea zieht ihr Handy aus der Tasche und senkt ihren tränenerfüllten Blick auf das Display. Und Alvar – er sieht wieder aus wie immer.

Vor dem Einschlafen snapchatte ich noch mit Nadja und Fanny. Ich erzähle ihnen von der Scheidung. Nadjas Antwort kommt nach einer Sekunde.
»Hilfe! Was passiert dann mit dir?«
»Mit mir?«, frage ich.
»Ja, was sagt die Tante vom Jugendamt dazu? Musst du jetzt in eine andere Pflegefamilie?«
Danach liege ich unruhig wach, die Gedanken schwirren mir im Kopf herum. Was ist, wenn Cecilia vom Jugendamt tatsächlich findet, dass Pflegekinder nicht bei Eltern bleiben dürfen, die sich scheiden lassen?
Nach einer Weile klemme ich mir die Decke unter den Arm und schleiche in die dunkle Diele. Vorsichtig klopfe ich an Alvars Tür.
»Komm rein.«
Seine Nachttischlampe ist an, und vielleicht hat er geweint.
»Darf ich bei dir schlafen?«
Er rückt an die Wand und legt das eine Kissen neben sich.
»Du kannst ein Weilchen hier liegen«, sagt er. »Dann will ich alleine sein.«
»Das sage *ich* doch sonst immer.«
»Willst du nicht mehr alleine sein?«, fragt Alvar.
Ich denke nach. »Nicht mehr so sehr wie früher.«

17

Es knirscht, wenn man auf eine Pfütze tritt. Mange und Petra sagen, dass ich das Fahrrad in die Garage stellen *muss*. Widerwillig trage ich beim Fahrradfahren Handschuhe und Mütze, damit sie endlich Ruhe geben. »Wenn der Schnee kommt, lasse ich das Fahrrad stehen.« Sie haben keine Kraft, mit mir zu streiten. Überhaupt fehlt ihnen für vieles die Kraft, zum Beispiel für das gesunde Essen, das sie sonst immer kochen, das Bettenmachen, mit dem sie uns sonst in den Ohren liegen, oder das Beisammensein im Familienkreis, das jeden Freitagabend angesagt war. Man darf einfach in einer Ecke liegen und Serien anschauen, wenn einem danach ist. Beinahe vermisse ich die Spieleabende, die Streitereien über die Regeln, Teas ewige Seufzer. Beinahe fehlt mir sogar der Obstteller.
In der Schule wird spürbar, dass sich das Ende des Halbjahres nähert. In Mathe haben wir fast den ganzen Lehrstoff durchgenommen, im Werken drechseln wir Kerzenhalter und in Kunst verwandeln wir Glasflaschen in Engel. Meine Engel sehen wie verrückte Hexen aus. Evin muss so sehr lachen, dass sie, wie sie behauptet, einen Bauchkrampf bekommt. Ich lache auch, aber nicht mehr so laut wie früher.

Das Viereck an der Wand in der Aula ist ein bisschen größer geworden. Ich höre, wie Alvar Alf erklärt, dass er in einer Krise steckt. Was haben sie eigentlich für Geheimnisse miteinander? Was kann Alf Alvar geben, was ich ihm nicht geben kann? Ich frage Evin, ob es nicht komisch ist, sich in unserem Alter mit einem Vierzig- oder Fünfzigjährigen abzugeben.

»Du bist auf Alf eifersüchtig«, sagt sie und lächelt spöttisch. Ich merke, dass ich sauer werde, was sonst gar nicht meine Art ist. Und eifersüchtig, was auch nicht meine Art ist. Mit mir geschehen gerade viele Dinge, die mir fremd sind. Im Musikunterricht kämpfe ich dafür, dass wir die Lucia-Feier modernisieren und neue Lieder singen. Ich höre selbst, wie anstrengend ich bin und wie sehr ich den Unterricht störe. Elena, die Musiklehrerin, muss mich schließlich zurechtweisen. »Hier bestimme ich, und ich habe entschieden, dass alles beim Alten bleibt.«

Evin will wissen, warum ich so komisch bin. Ich sage, dass mich Bokarp langweilt, seufze, dass es hier nur zwei Läden gibt und dass die nächstgelegene Stadt nicht größer ist als ein Stockholmer Vorort. Ich beklage mich darüber, dass alle die gleichen Klamotten tragen und die gleichen Ansichten haben, dass niemand es wagt, anders zu sein.

Das ist falsch. Hier gibt es alle möglichen Leute, und jeder Mensch hat etwas zu erzählen. Ein Beweis dafür ist Vanessa, die mir in der Mensa zunickt. Und die Kohlmeise auf dem Fensterbrett vor dem Klassenzimmer erinnert mich daran, dass ausgerechnet Douglas Vögel liebt. Trotzdem gelingt es mir nicht, die negativen Gedanken abzuschütteln. Dass ich für Douglas Luft bin, macht die Dinge nicht besser. Ich habe ihm eine Million Nachrichten geschickt und in der Schule mit ihm sprechen wollen, aber wenn ich etwas sage, tut er so, als würde er mich nicht hören. Nachts träume ich von ihm, und manchmal ertappe ich mich dabei, seinen Namen auf ein Blatt Papier zu schreiben. Wie sehr ich es auch versuche, finde ich einfach nicht zur gewöhnlichen Billie zurück, die immer für alles eine Lösung bereit hat. Es gibt einfach keine Lösung dafür, dass er mich hasst.

Mange und Petra haben uns gebeten, mit niemandem über die Scheidung zu reden. Sie wollen es nach Weihnachten erzählen. Aber irgendwie sickert die Neuigkeit doch durch. Nach der Chorprobe kommen die anderen zu mir und fragen mich, ob es stimmt. Ich kann nicht lügen. Sie flüstern, dass es kaum zu glauben ist. Die Familie hat ja immer so unzertrennlich gewirkt, vor allem nach dem Tod ihres kleinen Jungen. Alle haben sie zusammen in der Stadt, in der Kirche und auf ihren Fahrrädern gesehen.

Auf dem Heimweg nach dem Chor erzählt Petra, dass sie mit einer alten Freundin aus Göteborg verreisen wird. Sie wollen Yoga auf Mallorca machen. Massage gibt es da auch. »Man kann so viele Dinge tun, Billie!« Weil sie verstummt und nachdenklich dreinblickt, habe ich plötzlich Angst, dass sie jetzt sagt, ich müsste umziehen. Aber Petra scheint alles gesagt zu haben.

An Weihnachten backt die Familie Persson immer Pfefferkuchen. Fertigteig kommt für Mange nicht infrage. Ich helfe ihm dabei, die Gewürze abzumessen, obwohl er das genauso gut alleine schafft. Aber er sehnt sich wieder einmal nach Gesellschaft. Nachdem der Teig über Nacht geruht hat, ist er bereit.
Alvar will nicht mitmachen, also backen Tea und ich. Ich schneide selbst entworfene Totenköpfe und Fledermäuse aus dem Teig. Sie sehen total hässlich aus. Tea lacht so sehr, dass ihre Zöpfe wippen, findet, dass ich verrückt bin. Mange legt sich beim Backen ebenso sehr ins Zeug wie beim Schleuderschnitzen im Wald. Es ist, als könnte er immer nur ein Ding nach dem anderen machen, dann aber *richtig*. Wenn er doch nur jemanden hätte, mit dem er diese Dinge tun könnte.
»Triffst du dich nicht mehr mit den Leuten aus diesem Naturclub?«, frage ich.
»Mit den Feldbiologen? Nein, das ist lange her ...«
»Wohnen sie weit weg?«
»Einige sind nach Stockholm gezogen, auch an andere Orte, aber ... Martin und Alejandro wohnen vielleicht immer noch hier in der Stadt.«
»Weißt du das nicht?«
Er schüttelt den Kopf.
»Dann musst du sie auf Facebook suchen«, sage ich.
Tea lacht kurz auf. »Er hat kein Facebook. Er will seine Daten nicht hergeben, er denkt, es könnte etwas passieren.«

»Das ist einfach nicht mein Ding.« Mange öffnet die Herdklappe und schiebt ein Blech hinein.
»Es ist harmlos«, erwidere ich.
»Das habe ich ihm bereits gesagt«, meint Tea.
»Das ist mir auch klar. Aber ich will nicht lauter Pseudofreunde haben.« Er steht auf und hängt die Topflappen an ihren Haken zurück. »In solchen Foren ist immer alles so oberflächlich.«
»Aber stell dir vor, du würdest diesen Alexander wiederfinden ...?«
»*Alejandro.*«
»Das wäre doch lustig. Ihr könntet zusammen schnitzen.«
Er wischt die Spüle ab. Seine Bewegungen sind so entschieden, dass sich die Muskeln unter seinem T-Shirt bewegen.
»Mach es jetzt!«
»Jetzt?«
Er sieht mich nervös an. Tea zuckt mit den Schultern.
»Ein bisschen Networking ist schon angesagt, Papa. Man muss zeigen, dass es einen gibt.«
»Networking ist *überhaupt nicht* mein Stil.«
Ich nehme einen Teigklumpen und rolle ihn aus.
»Wovor hast du Angst? Dass sie Nein sagen?«
Er lacht ein bisschen in sich hinein und fährt mit dem Wischen fort. Aber dann ist er auf einmal ernst. Hört auf zu wischen. »Ja, vielleicht. Und ist es nicht peinlich, nur circa drei Freunde zu haben? Alle sehen doch: *Der hat bloß drei Freunde?*«

»Du kannst gleich alle Lehrer als Freunde hinzufügen und sehr viele Schüler. Ich verspreche dir, in null Komma nichts hast du siebzig Freunde.«
»Mindestens.« Tea geht zu ihm und zupft an seinem T-Shirt, als wäre sie erst fünf. »Willst du etwa, dass nur Alvar und ich zu deinem Begräbnis erscheinen? Wie stellst du dir das vor?«
Er sieht gekränkt aus. »*Petra* würde wohl auch kommen, denke ich. Und Billie.«
»Man muss sich ein bisschen anstrengen, um Freunde zu kriegen«, sage ich.
»Ja«, meint Tea mit einem Seufzer. »Und manchmal klappt es trotzdem nicht. Aber wenn man nie zeigt, dass man mit jemandem zusammen sein will, dann hat man ohnehin das Rennen verloren.« Sie geht auf die Tür zu.
»Komm jetzt, Papa. Ich zeige dir, wie's geht.«
»Okay.«
Er schlurft hinter ihr her. Ich backe weiter. Backen beruhigt mich irgendwie.
Der Teig ist aufgebraucht und der Küchentisch voller Kekse. Nur zwei der vielen Bleche sind mir verbrannt. Die Totenköpfe sind richtig gut gelungen, mit den Fledermäusen war es schwieriger.
Mange stürzt in die Küche. »Ich habe sie gefunden! Und sie wohnen immer noch hier in der Stadt! Sie haben meine Anfrage bereits beantwortet.«

Am Abend, als alle im Bett liegen, schleiche ich die Treppe hinunter und zur Tür hinaus. In Bokarp ist es im Freien so dunkel. So eine Finsternis habe ich in Stockholm noch nie erlebt. Ich wetze über den frostigen Rasen und verschwinde zwischen den Bäumen hinter dem Haus. Unter meinen Sohlen knirscht es, und Äste streifen mein Gesicht.

Als ich mich weit genug vom Haus entfernt habe, bleibe ich stehen. Was aus mir herausdringt, ist ein Gospel, ein Lied, das wir immer im Chor singen und das mir nie über wird: »*Sometimes I feel like a motherless child. Sometimes I feel like a motherless child. Sometimes I feel like a motherless child, a long way from home, a long way from home* ...« Ich singe lauter und immer lauter, kräftiger und immer kräftiger. Mitten in einem Satz wird mir klar, dass es viel zu deprimierend ist, und ich wechsle zu einem Michael Jackson-Song. »*The way you make me feel, you really turn me on, you knock me off my feet* ...«

Danach geht es mir besser. Cecilia vom Jugendamt hat auch heute nicht angerufen. Vielleicht hat die Scheidung keine Bedeutung für sie. Vielleicht ist alles in Ordnung und ich darf hier wohnen bleiben, so lange ich will. Ich rufe einem Vogel, der über mir krächzt, zu: »Alles wird gut! Alles ist total paletti.«

Am Tag darauf sitze ich neben Evin in der Kirche, während der Schulchor in weißen Nachthemden die üblichen alten Lieder singt. Es ist hübsch mit den vielen Lichtern. Evin singt wie eine Opernsängerin in mein Ohr, und ich muss lachen. Mein Blick schweift in der Kirche herum. Ich sehe die tollste Lehrerin der Welt, Roya, Douglas, nach dem ich mich so sehr sehne, dass ich sterben könnte, Alvar, der immer mein Bruder sein wird, und Tea, meine kranke, komische Schwester. Ihr Anblick löst ein weiches, warmes Gefühl in meinem Bauch aus.

Da brummt es in meiner Tasche.

Ich ziehe das Handy hervor. Es ist Cecilia. Ein Stich geradewegs ins Weiche.

Ich flüstere Evin zu, dass wir uns später noch sehen, und verdrücke mich. Eile den Kiesweg zwischen den Gräbern entlang. Verschwinde hinter dem größten Baum. Atme tief ein, bevor ich anrufe.

Sie stellt ein paar höfliche Fragen, wie es mir geht, ehe sie auf das wirklich Ernste zu sprechen kommt.

»Ich habe mit Petra und Magnus gesprochen und ... tja, sie haben erzählt, dass sie sich trennen.«

»Ja, klar«, sage ich mit meiner allerfröhlichsten Stimme. »Sie sind ja richtig gute Freunde, es wird sich wohl nicht viel ändern.«

»Genau das sagen sie auch.«

»Ja, und das stimmt. Ich habe sie praktisch nie streiten gehört!«

Einige Sekunden lang Stille am anderen Ende.

»Die Familie Persson wirkt nicht so stabil, wie ich es mir wünschen würde, Billie. Das wirkt überhaupt nicht stabil.«

Ich höre, wie meine Atemzüge hektischer werden und meine Stimme angespannter.
»Aber … es spielt doch keine Rolle, dass sie sich abwechseln? Ich brauche nicht gleichzeitig eine Mutter *und* einen Vater.«
»Was du in deinem Leben wirklich nicht gebrauchen kannst, sind eine Menge trauriger Menschen, die in einer Krise stecken. Eine Scheidung ist für die meisten ein sehr aufwühlendes Erlebnis.«
»Ich komme damit zurecht! Da bin ich mir ganz sicher.«
Mein Blick schweift über die verlassenen Grabsteine mit Kreuzen, Blumen und Herzen. »Britt-Marie«, lese ich. »Kåge«, »Sten«, »Slatko« … Alle diese Toten. Alle diese Menschen, die früher einmal Familien hatten.
»Zwischen *Zurechtkommen* und *Alles-ist-gut* besteht ein großer Unterschied«, meint Cecilia.
Mit dem Rücken am Baum lasse ich mich langsam zu Boden gleiten.
»Ich weiß doch wohl, was gut für mich ist?«, antworte ich mit krächzender Stimme.
»Nein, Billie. Nicht unbedingt. Du hast dich im Laufe der Jahre zu viel um deine Mutter kümmern müssen. Jetzt ist es mal Zeit, dass sich jemand um dich kümmert. Du brauchst Ruhe. Das steht dir zu. Du hast ein Anrecht auf stabile Verhältnisse.«
Ein bisschen Kraft habe ich noch. Ein *kleines* bisschen kann ich mich noch wehren. »Wenn ich jetzt wieder umziehen muss, ist das aber nicht sehr stabil. Nicht im Geringsten!«

»Wir glauben aber trotzdem, dass es das Beste für dich ist. Langfristig gesehen.«
»Ich *will* aber hierbleiben.«
Stille.
»Bitte …«, bettle ich.
»Wir haben bereits eine neue Familie für dich gefunden. In Sundsvall.«

18

Ich gehe zur Schule, zum Chor und zum Tischtennis. Ich hänge meine Jacke an den richtigen Haken und mache jeden Morgen mein Bett. Ich bedanke mich fürs Essen. Ich lese die Mails von Cecilia über die neue Familie nicht. Ich google Sundsvall nicht. Ich gehe einen Tag nach dem anderen an. Vielleicht erwacht ja bald meine Neugierde auf Sundsvall. Wenn ich nur ein paar Tage abwarte, will ich vielleicht dorthin ziehen.

Petra und Mange sind entsetzt. Ich habe erklärt, dass mir mit Entsetzen momentan nicht gedient ist. Trotzdem fragen sie mich die ganze Zeit, wie es mir geht, wollen mich trösten und sich um mich kümmern. Tea verfolgt mich nonstop, steht morgens vor meiner Tür und fragt, ob wir zusammen zur Schule gehen sollen. Sie will mich jeden Abend schminken, Spiele spielen, Filme anschauen, Weihnachtsdeko aus Lametta basteln, Ratschläge fürs Leben erhalten. »Du bist meine große Schwester«, sagt sie so oft, dass es langsam nervt. Leise wie ein Wichtel schleiche ich nach der Schule die Treppe hinauf, damit sie mich nicht hört, aber nach einer Minute klopft es an der Tür.

»Wollen wir was zusammen machen?«

»Ich will alleine sein«, sage ich mit erwachsener Langweilerstimme. »Darauf musst du schon Rücksicht nehmen.«
Alvars Krise hat ein ganz neues Level erreicht. Er macht Mange und Petra Vorwürfe, weil ich umziehen muss, und sie können sich nicht verteidigen. Sein Körper ist ein Schatten, der vorbeizieht. Rauf ins Zimmer und Türe zu. Er steht morgens zu spät auf und kommt zum ersten Mal in seinem Leben zu spät zur Schule. Nach der Schule bleibt er bis spätabends in der Aula. Beim Abendessen klebt sein Blick an einem Punkt hinter mir. Als Petra sich danach erkundigt, wie es mit den letzten Klassenarbeiten läuft, steht er einfach auf und geht weg. Sie folgt ihm.
»Du darfst dich nicht so verschließen! Du musst mit uns über deine Gefühle sprechen.«
»Warum?«
Ihr fällt keine Antwort ein.
»Darf man nicht menschenscheu sein?«, faucht er. »Wenn einem danach ist?«
Ich höre, wie Petra darüber spricht, als Mange nach Hause kommt, um seine Tischtennisschläger zu holen. Sie möchte, dass er Alvar zum Schulpsychologen bringt, aber Mange sagt, dass er ihn nicht zwingen kann. Da wird Petra sauer und zischt, dass sich Mange nicht um die Wäsche gekümmert hat. Er antwortet, dass Petra kein Klopapier gekauft und eine Rechnung nicht bezahlt hat, als sie letztes Mal zu Hause gewohnt hat.
Ich beobachte Alvar insgeheim. Mir gefällt es, dass er ein

menschenscheuer Rebell geworden ist. Alvar ist mit Abstand die interessanteste Persönlichkeit in dieser Familie. Wie diese Sache ausgeht, lässt sich nicht vorhersehen. Plötzlich sehe ich ein, dass ich vielleicht nie miterleben darf, was aus ihm wird. In diesem Moment verkrampft sich mein Magen.

Es klingelt an der Tür, mehrmals, lang und kurz. Ich reiße die Tür auf. Seine Augen leuchten, klar wie Glas. Seine Jacke ist offen, obwohl es draußen unter null ist. Nach tausend Jahren des Schweigens steht er da. Gefühle stürmen auf mich ein, erfüllen meinen ganzen Körper. Sie machen mir fast Angst.

Wir gehen auf mein Zimmer. Ich will ihn umarmen und dicht neben ihm liegen, aber der Idiot setzt sich auf den Schreibtischstuhl.

Er blättert im Geschichtsbuch, in das ich mich dieses Schuljahr öfter hätte vertiefen sollen.

»Interessierst du dich für Geschichte?«, scherze ich. »Welches Zeitalter? Die Steinzeit oder die Renaissance?«

Er blickt nicht einmal auf.

Was soll das? Schließlich ist er zu mir nach Hause gekommen. Irgendetwas wird er ja wohl wollen. Dass wir zusammen sind oder etwas Ähnliches. Obwohl ich etwas Ähnliches eigentlich nicht verkraften würde. Nicht jetzt.

Er entdeckt ein Radiergummi neben dem Schulbuch und fängt an, es zu zerkrümeln.

»Ich habe so 'ne Art ADHS«, sagt er.

»Ich wahrscheinlich auch«, antworte ich, obwohl ich es nicht glaube.

Für ihn könnte ich mir alles Mögliche zulegen. Alles Mögliche, wenn er bloß kapiert, dass wir perfekt zusammenpassen, perfekter als alle anderen, die es je gegeben hat.

Er macht mit dem Zerkrümeln weiter. Die Radiergummikrümel fallen auf den Boden um den Stuhl herum.

»Gut, dass der Staubsauger funktioniert«, stelle ich fest.

»Wann hattest du eigentlich vor, mir davon zu erzählen?«, fragt er den Boden.

»Du meinst ...?«

»Dass es gar nicht nett ist, lebenswichtige Dinge zu verschweigen!«

»Du wolltest ja nicht mit mir reden«, sage ich.

Sein Atem beschleunigt sich. »Du ziehst weg und denkst, dass mir das egal ist? Oder was?«

»Ich wollte es dir ja erzählen!«

»Wann?«

Der Radiergummirest fliegt durch die Luft und landet unter dem Bett. Er fixiert mich so fest mit dem Blick, dass ich das Gefühl habe, zu zerbrechen.

»Bist du wirklich genauso blöd wie alle anderen, die nicht kapieren, dass man Leute nicht einfach so im Stich lassen kann?« Er spuckt die Worte förmlich aus.

»Ich lasse niemanden im Stich.«

Douglas steht auf. Geht zur Tür, drei Schritte. Dreht sich um.

»Du willst, dass alle anderen zeigen, wer sie sind, nur du nicht.«
Ich bleibe sitzen, höre seine Schritte auf der Treppe und dann die zuknallende Haustür. Erst als es wieder ganz still ist, reagiert mein Körper. Er springt vom Bett auf und rast die Treppe hinunter. Raus auf die Straße. Douglas ist noch nicht weit weg. Ich packe ihn am Ärmel, die Knisterjacke. Er steht unter einer Straßenlaterne, die sein Gesicht gelb verfärbt. Die dünne Schneedecke sieht aus wie Puderzucker.
»Ich will mit dir zusammen sein«, sage ich.
Er öffnet den Mund. Jetzt muss er sagen, dass er mich liebt.
»Wer will schon mit jemandem zusammen sein, auf den man sich nicht verlassen kann?«
Ein eisiger Wind fährt unter mein T-Shirt.

19

Das, was geschehen wird, gibt es nicht. Was es gibt, ist, schnell, schnell durch den Ort zu radeln, obwohl wir fast Minusgrade haben, den Freunden zuzuhören, wenn sie sich darüber beklagen, dass sie ihre Kopfhörer verloren haben, ihre kleinen Brüder nerven, ihre Mütter zu sehr nörgeln, dass sie den Naturkundeunterricht hassen, alle Jungs wertlos sind oder dass ihre Haustiere krank geworden sind. Ich gehe auf das Begräbnis von Nickis Katze und lege eine Blume auf das Grab. Mir kommen die Tränen. Die anderen schauen mich erstaunt an. Nachher erkläre ich, dass ich einfach so ein Feeling hatte.

Evin fragt, wie es mir geht. Ich antworte, alles sei easy. Ich antworte: »Nerv mich nicht!« Ich spiele einen Song auf dem Handy und zwicke sie in den Hintern. Aber Evin lässt sich nicht so leicht hinters Licht führen. Als ich nicht an der Abschlussfeier im Tischtennisverein teilnehmen will, sagt sie, dass sie auch nicht hingeht. Da erfinde ich die Ausrede, dass ich auf Petras Anweisung nach der Schule mein Zimmer aufräumen müsse. Sie glaubt mir nicht. Da flippe ich aus, schreie, dass ich auch mal allein sein müsse, ob sie das denn nicht kapiere!

Am nächsten Tag fehlt sie in der Schule. Meine SMS beantwortet sie nicht. Ich frage Filippa, ob sie etwas weiß. Filippa freut sich sichtlich darüber, dass ich keine Ahnung habe, was in Evins Leben abgeht. Es ist echt nicht lustig, dass sie Filippa angerufen hat und nicht mich.
Am Tag darauf kommt Evin wieder in die Schule und meint, alles sei in Ordnung. Ich verstehe gar nichts mehr. Vielleicht war sie bloß sauer, weil ich so auf Bokarp rumgehackt habe. Vielleicht begreift sie nicht, dass es einfacher ist, ein Bokarp zu verlassen, das man nicht mag. Nein, wie soll sie das auch verstehen, wenn ich es ihr nicht erkläre? Außerdem: Sie hat keine Ahnung von Sundsvall. Niemand weiß Bescheid. Nur die Familie Persson und Roya.
Müsste ich ihr erzählen, was da auf mich zukommt? Müsste ich ihr erzählen, dass ich insgeheim wahnsinnige Angst vor dem neuen Ort habe? Ich habe so ziemlich alles getan, um hier reinzupassen, habe mich umgemodelt und zurückgemodelt. Man kann sich nicht unendlich viele Male an neue Orte anpassen. Man kann nicht so ohne Weiteres zu allen Tschüss sagen, um sie dann gegen beliebige neue Leute auszutauschen.

Roya besucht uns in dem braunen Haus, um zu reden. Mange ist da, obwohl er eigentlich in Solkullen sein müsste. Wir sitzen auf dem hellen Sofa vor dem Fernseher. Eine der »Spicy Pear«-Duftkerzen, die wir zugunsten des Tischtennisvereins verkauft haben, um Geld für die Clubreise zu verdienen, stinkt vor sich hin. Ich biete Pfefferkuchen an. Roya lächelt beim Anblick meiner Fledermäuse. Mit ihren Tätowierungen ist sie ein ungewöhnlicher Anblick im Haus der Perssons. Als sie eintrat, wurde es hier gleich um einiges wärmer.

Ich erfahre, dass sie versucht haben, Cecilia umzustimmen, was ihnen aber nicht gelungen ist. Petra und Mange erklären Roya, sie seien überzeugt, dass es mir bei ihnen trotz ihrer Trennung weiterhin gut gehen wird.

»Es bringt nichts, gegen das Jugendamt zu protestieren«, sage ich. »Versteht ihr das denn nicht?«

Roya betrachtet mich mit ernster Miene.

»Du hast ein Recht darauf, wütend zu sein, dass sie dich so behandeln, Billie. Du hast ein Recht darauf, zu protestieren!«

»Aber ich will nicht wütend sein. Ich will froh sein!«

»Du willst alles im Griff haben«, stellt Roya fest.

In diesem Augenblick spüre ich, dass es mich zerreißen würde, die Kontrolle zu verlieren.

»Wenn das jetzt jemand anderem passiert wäre, würdest du für diesen Menschen kämpfen«, sagt Mange und schiebt mir den Teller mit den Pfefferkuchen zu. »Nicht wahr?«

»Sie entscheiden über deinen Kopf hinweg«, sagt Roya. »Es fällt uns leichter, für dich zu kämpfen, wenn du das auch *willst.*«

»Aber ihr *könnt* nichts verändern.«

»Traust du uns so wenig zu?« Roya breitet die Arme aus und

trifft dabei fast den Kerzenständer. »Bist du etwa die Einzige auf dieser Welt, die etwas verändern kann? Du ahnst ja gar nicht, was viele Menschen gemeinsam ausrichten können, meine Liebe.«

»Genau«, sagen Mange und Petra wie aus einem Mund.

Petra beugt sich vor und zupft an einer meiner Flechten. »Du musst auch mal anderen Leuten vertrauen, Billie. Du musst uns vertrauen.«

Darf ich mir jetzt ein bisschen Hoffnung erlauben? Darf ich mir überlegen, wie sich der Gedanke an Sundsvall wirklich anfühlt? Darf ich allmählich hassen, was da geschehen soll? Und wenn es dann trotzdem geschieht, wird doch alles so viel anstrengender!

Roya ergreift meine Hand und drückt sie ganz fest. Ihr Silberring hat die Form eines Tigers.

20

Die Sonne hat beschlossen, ausnahmsweise über Bokarp zu scheinen. Welch ein Glück, denn ausgerechnet heute haben wir zwei Grad minus, und alle müssen ewig im Freien herumstehen und warten. Wer hätte gedacht, dass sich fast die ganze Schule meinetwegen hier versammeln würde? Und dass sie sich meinetwegen die Zehen abfrieren? Hoffentlich muss nichts amputiert werden. Das wäre dann meine Schuld.

Alvar lehnt sich an sein Plakat, auf dem über einem Graffiti-Porträt von mir »Rettet Billie!« steht. Douglas und Salim rollen ihr Transparent mit dem roten Text »Billie soll bleiben!« aus. Ich versuche Douglas' Blick aufzufangen, aber es gelingt mir nicht. Hat er vollkommen vergessen, dass er in mich verliebt war? Jetzt bin ich offenbar nichts anderes als eine x-beliebige Asylbewerberin, die abgeschoben werden soll. Eine, die einem leidtut. Allein schon bei dem Gedanken will ich eine eigene Demonstration organisieren. »Erspart mir euer Mitleid!« soll auf dem Transparent stehen. »Pfeift auf mich! Ich komme schon zurecht!« Würde er sich dann in mich verlieben? Ich würde mich jedenfalls eher in mich verlieben, wenn ich wäre, wie ich früher war, so viel ist sicher.

Ich denke an die vielen anderen Dinge, für die man demonstrieren müsste: Syrien, besseres Essen in der Schule, die Bibliothek, die vielleicht geschlossen wird. Aber Evin und Wilma haben einen Facebook-Aufruf nur für mich gestartet. Roya hat sich mit der Schulpsychologin und der Schulschwester zusammengesetzt und einen Text verfasst, den sie an das Sozialamt in Stockholm geschickt haben. Darin steht, dass man mich in Bokarp liebt und dass es mir sehr schaden würde, wenn ich wegziehen müsste. Roya hat außerdem Cecilia angerufen und hierher eingeladen. Wenn sie sieht, wie viel Rückhalt ich hier habe, darf ich vielleicht bleiben. Meint Roya jedenfalls.

Sie glaubt, dass wir Grund zur Hoffnung haben. Nachdem ich das jetzt tausendmal gehört habe, glaube ich fast selber daran. Obwohl: Alles kann in sich zusammenfallen, wenn die Proteste keine Wirkung haben. Dann bin ich womöglich so enttäuscht, dass ich nicht mehr lachen kann. Und was bin ich für ein Mensch, wenn ich nicht mehr lache?

»Jetzt kommt sie!«

Alle heben ihre Plakate und machen sich bereit. Cecilia, die eine Pelzmütze und robuste Stiefel trägt, betritt den Schulhof. Die Leute rufen, so laut sie nur können: »Billie soll bleiben! Billie soll bleiben!« Cecilia sieht erstaunt aus.

Ich schaue mich um und werde sachte von einem »Wow« erfüllt. Dieser Kraft kann ich irgendwie nicht widerstehen. Normalerweise mag ich es nicht, wenn alle genau das Gleiche machen, aber heute ist es ein cooles Gefühl.

Cecilia kommt näher. Sie bleibt vor uns stehen, zieht ihr Handy hervor. Und filmt. Alvar macht einen Schritt nach vorn. Was geschieht? Ausgerechnet Alvar, der für sein Recht kämpft, menschenscheu sein zu dürfen. Der Hausmeister reicht ihm ein Mikrofon, die Leute verstummen. Alvar sieht zu Boden. Seine Wangen sind gerötet, vielleicht nicht nur wegen der Kälte. Die Hand mit dem Mikrofon zittert.
»Also ...« Er hebt den Blick und sieht Cecilia an. »Billie ist meine Schwester geworden. Sie hat mich und meine Familie ... verändert. Durch sie ist unsere Klasse netter und lustiger geworden. Durch sie ist Bokarp besser geworden. Billie ist ... wahnsinnig anstrengend. Sie will die ganze Zeit reden und stellt tausend nervige Fragen. Aber sie ist auch wahnsinnig lieb. Wenn sie verschwindet ...« Seine Stimme bricht. Er schluckt und setzt nochmals an. »Wenn sie verschwindet ... das wäre gar nicht gut für uns. Das wäre nicht gut für unsere Familie. Für unsere Klasse. Für sie.« Zwei Sekunden Pause. Er schaut wie hilfesuchend in den Himmel. Dann wieder nach unten. »Ja, das war's wohl.«
Applaus.
Ich spüre, wie mir Tränen in die Augen treten. Was ist, wenn ich die Menschen tatsächlich verlassen muss: Roya, Evin, Douglas, die Familie Persson, den Verein, den Chor, alles, was mir anfänglich ziemlich wertlos erschien, aber im Laufe der Zeit mein Leben wurde. Was, wenn das jetzt vorbei ist? Jetzt schon vorbei? Noch bevor ich alle in der Schule kennengelernt habe? Bevor ich herausgefunden

habe, welche Geheimnisse jeder mit sich herumträgt? Verdammt!
»Billie Jean« strömt aus dem Lautsprecher, den Elena ins Freie getragen hat. Cecilia kommt auf mich zu. Wir umarmen uns. Mittlerweile kennen wir uns ja ziemlich gut. Oft kann ich sie ganz gut leiden. Sie tut, was sie für richtig hält.
»Ich will bleiben«, sage ich mit belegter Stimme.
Sie deutet mit dem Kopf auf die Demo. »Und andere wollen das Gleiche, wenn ich mich nicht irre.«
Wir gehen zusammen in die Schule hinein. Ich zeige ihr alles, und sie darf meine Lehrer und meine Klasse begrüßen. Wir werden zu Kaffee und Kuchen ins Lehrerzimmer eingeladen. Dort mit allen Erwachsenen zu sitzen, ist ungewohnt und ziemlich spannend. Im Lehrerzimmer hängen hübsche Gardinen an den Fenstern. Es gibt zwei blaue Sofas und mehrere Sessel. Auf den Tischen stehen Hyazinthen und diese roten Blumen, die man an Weihnachten kauft. Vielleicht stehen die Pflanzen ja nur heute da, um Cecilia zu beeindrucken. Ansonsten kann man sich ja überlegen, warum es hier so viel gemütlicher sein soll als in den Klassenzimmern.
Roya hat Zimtschnecken in der Bäckerei geholt und weiß genau, was sie sagen soll, nämlich, wie gut ich hier aufgehoben bin, wie gut meine schulischen Leistungen sind, wie viele Freunde ich gewonnen habe. Nicht alles stimmt so ganz, zum Beispiel, dass ich in allen Fächern Fortschritte mache. Noch nie habe ich im Kunstunterricht so hässliche

Sachen fabriziert wie jetzt, und das erzähle ich Cecilia. Aber sie scheint diese Information nicht so wichtig zu finden.

Dann sagt Roya etwas, das mir neu ist. Sie und ihre Partnerin nehmen mich gerne bei sich zu Hause auf, falls es Schwierigkeiten geben sollte und das Jugendamt etwas dagegen hat, dass ich trotz der Beteuerungen der Familie Persson dort wohnen bleibe.

»Denn das ist Ihnen doch wohl klar?«, sagt Roya und fixiert Cecilia mit einem ernsten Blick. »Dass Billie ein Mensch ist, den man nicht so schnell weglässt. Sie ist ein Mensch, den man bis zum letzten Blutstropfen verteidigt.«

»Durchaus.«

Cecilia begleitet uns zu dem braunen Haus. Ich merke, wie nervös die ganze Familie ist. Mange hat die letzten Blaubeeren aus dem Gefrierschrank zu einem Kuchen verarbeitet und dazu eigene Vanillesauce gemacht. Petra hat sich mit dem Putzen mehr denn je ins Zeug gelegt. Alvar faltet die Servietten auf kunstvolle Weise. Der Zweck des Besuches ist, dass Cecilia begreifen soll, dass alles in der Familie bestens klappt, obwohl sie sich scheiden lassen. Aber wie sollen sie es beweisen? Einen Abend lang Theater spielen, eine Weile so tun als ob, das kann jeder. Das weiß ich, und das weiß Cecilia.

Kaum haben Mange und Petra erzählt, wie sehr sie sich um meine Zukunft sorgen, da kommt Tea weinend nach Hause, weil sie auf dem Glatteis ausgerutscht ist. Typisch. Jetzt ist wirklich nicht der Zeitpunkt, an dem sie ausrasten und sich wie im Wald benehmen sollten. Alles kann jetzt total in die Binsen gehen, *total* in die Binsen.

Aber Mange und Petra wissen, worauf es ankommt. Gelassen reinigen sie die Wunde und suchen dünnes Pflaster hervor. Mange drückt zusammen und Petra klebt. Ich stelle mir vor, dass unter der coolen Oberfläche ganz viel Besorgnis lauert. Aber sie schaffen es, sich ruhig zu geben, schaffen es, zusammenzuarbeiten.

»Uff«, sagt Petra. »Ich werde immer ein bisschen hysterisch, wenn sich jemand verletzt, seit ...«

Sie schweigt abrupt.

»Seit Alvars und Teas kleiner Bruder vor einigen Jahren verunglückt ist«, ergänzt Mange und sieht Cecilia dabei in die Augen.

Sie nickt verständnisvoll.

Nachdem wir gegessen haben, zeigt Tea ein verrücktes YouTube-Video, in dem ein Motorradfahrer mit einem Känguru zusammenstößt. Ich sehe, wie Cecilia die ganze Zeit checkt, wie sich die Familie verhält. Ich bilde mir ein, sie kann erkennen, dass ich geliebt werde und mich hier geborgen fühle. Wir wollen ja, dass sie einen guten Eindruck erhält und in Sachen Sundsvall umdenkt.

Wir stehen in der Diele, um uns von Cecilia zu verabschieden. Alles ist perfekt gelaufen. Cecilia umarmt Petra sogar und erzählt Tea, dass sie das verrückte Video ihren Kindern zeigen wird. Da klingelt es an der Tür. Jens steht davor. Er

weint und riecht nach Schnaps. Sein Gesicht sieht ganz fremd aus.
»Ich habe sie auf Facebook gesehen!«
Mange und Petra sehen sich an.
»Martina!« Sein ganzer Körper wird geschüttelt. »Sie ist da zu sehen, als wäre nichts geschehen! Als hätte sie nie ihr eigenes Kind verlassen! Mein Gott! Warum ist denn nie Ruhe? Warum taucht immer neue Scheiße in meinem Leben auf?«
Petra zieht ihn in die Küche und redet beschwichtigend auf ihn ein. Cecilia lauscht mit gerunzelter Stirn.
Nachdem sie gegangen ist, stehe ich am Fenster und sehe ihr nach. Sie dreht sich um und schaut zum Haus zurück. Ich winke. Sie winkt zurück. Hinter mir weint Jens. Auch ich weine, innerlich.

Am Abend bin ich rastlos. Ich schaue eine halbe Folge meiner Serie. Ich gehe im Zimmer auf und ab. Ich lege mich mit dem Handy hin und chatte mit Nadja über unwichtige Dinge. Ich würde ihr gerne schreiben, wie es mir geht, aber Nadja würde mich nicht verstehen, nicht jetzt, wo sie so weit weg ist. Schließlich rufe ich Evin an. Sie wirkt erstaunt, ich rufe sie ja sonst nicht an, um ernste Gespräche zu führen. Aber jetzt erzähle ich ihr, dass ich die ganze Zeit Angst habe und traurig bin, aber ich kann nicht so gut darüber reden. Irgendwie finde ich nicht die richtigen Worte.
»Wahrscheinlich hat mich das Zusammensein mit Mama

ein bisschen geschädigt«, sage ich. »Ich bin es nicht gewöhnt, dass sich die Dinge um mich drehen.«
Am anderen Ende wird es ganz still.
»Ich mag dich«, sagt Evin.
»Ich mag dich auch. Und ich verspreche dir, mehr über mich selbst zu reden.«
»Gut.« Ein paar Sekunden herrscht Stille. »Shit, du wirst mir total auf die Nerven gehen, wenn du ego geworden bist!«
»Ja, wenn ich erst meinen eigenen YouTube-Kanal habe und alle mit meinen neuen Hoodies vollquatsche, wirst du es mega bereuen.«
»Und wenn du dein Leben auf Instagram ausbreitest! Iiii …!«
Aber dann wird Evin schnell wieder ernst. Sie erzählt, dass ihr Cousin aus Malmö mit einem Messer niedergestochen wurde und im Krankenhaus liegt, darum war sie so down. Nachdem Evin fertig erzählt hat, versuche ich zu erklären, wie es sich im Bauch anfühlt, wenn man nicht den leisesten Schimmer hat, wie es nach Weihnachten weitergeht.
Danach atme ich ruhiger und kann still im Bett liegen. Ich schicke Douglas eine Nachricht, ob er will oder nicht. Darin erzähle ich, dass ich Jens getroffen und von der Sache mit seiner Mutter gehört habe. »Ich denke an dich«, schreibe ich als Letztes. Kurz bevor ich einschlafe, kommt eine Antwort: ein blauer Vogel. *Ein blauer Vogel.* Ich weiß zwar nicht, was er bedeutet, aber es ist ein wundervolles Gefühl.

21

In der Aula sollen Weihnachtslieder gesungen werden, und die Rektorin wird das Schulhalbjahr mit einer Rede beenden. Dann gibt es Weihnachtslimo und Pfefferkuchen im Klassenzimmer. Zum vielleicht letzten Mal mustere ich alle Schüler, die sich vor den schweren Türen zur Aula drängeln. Cecilia hat sich seit unserer letzten Begegnung nicht mehr gemeldet. Es sieht so aus, als müsste ich das nächste Schulhalbjahr in Sundsvall beginnen. Allein schon der Gedanke macht mich ganz zittrig.

Evin ergreift meinen Arm. Ich brauche ihre Unterstützung. Sie ist ein Berg und ich bin ein Blatt. Die Türen gehen auf, und alle drängeln nach vorne, als ginge es auf ein Konzert mit Rihanna. Bevor ich etwas sehen kann, höre ich die Reaktion der anderen. Ein Gemurmel, vereinzelte »Wow!« und »Yeay!«.

Das Wandbild lässt sich nur schwer beschreiben. Die Farben im unteren Teil das Bildes sind gedeckt, aber nach oben hin werden sie immer heller. Vielleicht sehen die anderen nur einige x-beliebige Kinder im Wald und, am anderen Ende des Bildes, in der Stadt. Ich hingegen sehe den kleinen Bruder Casper. Alle Kinder sind Casper, Casper unterschied-

lichen Alters und unterschiedlicher Gestalt. Vielleicht handelt Alvars Malerei von dem Leben, das Casper hätte haben können, oder sie hat überhaupt nichts mit Casper zu tun. Jedenfalls ist Alvar in jedem einzelnen Pinselstrich zu erkennen. Und jetzt muss jedem klar sein, dass mein Bonusbruder ein Genie ist.
Mein Blick findet ihn in der Menge. Er sitzt nicht, wie ich erwartet hätte, ganz weit hinten, um sich zu verstecken. Er sitzt mit geradem Rücken ganz vorne und hört der Rektorin voller Ernst zu, als sie verkündet, dass wir einen echten Künstler an der Schule haben.
»Ein Applaus für Alvar!«
Die Leute klatschen und pfeifen.
Alvar steht auf und verbeugt sich schnell. Sein Minilächeln verrät, dass er die Zustimmung genießt. Ich entdecke Mange, der sich mit feuchten Augen erhoben hat und heftig applaudiert. Sieht er auch, dass es Casper ist? Auf alle Fälle sieht er, dass Alvar ein Star ist, der nichts in der Tischtennishalle verloren hat.
Direkt hinter Mange sitzt Larissa. Sie betrachtet Alvar so, wie Douglas mich angesehen hat. Alvar würde niemals verstehen, dass ihn jemand auf diese Weise anschauen könnte, und ich werde es ihm auch nicht erzählen. Noch nicht. Vielleicht, wenn er vierzehn ist oder so.
Nach der Abschlussfeier gehen wir gemeinsam ins Klassenzimmer zurück. Ich erkläre ihm, wie stolz ich bin, so einen begabten Bruder zu haben.

»Wie bist du dann doch noch in die Gänge gekommen?«, frage ich.
»Na, du weißt schon«, antwortet er.
»Nein.«
Seine Schritte verlangsamen sich. Er legt die Stirn in Falten, während er nach den richtigen Worten sucht.
»Es war, als ... als sie sich scheiden lassen wollten, und dann ... dass du wegziehen solltest ... Das war einfach zu viel.« Er zupft an seinen Ärmeln und sieht wieder aus wie der alte Alvar. »Ich konnte nicht schlafen. Und manchmal hatte ich das Gefühl, keine Luft mehr zu kriegen. Ein total ekliges Gefühl.«
Mein Gesicht strahlt.
»Angstzustände!«
»Das Einzige, was geholfen hat, war, zu malen.«
»Wer hätte gedacht, dass mein Umzug auch etwas Gutes bringt.«
»Das ist nichts Gutes«, sagt er mit Überzeugung. »Ich meine, das Wandbild ist diese ganzen Scheißgefühle nicht wert.«
»Aber schließlich ist es doch besser, die Scheißgefühle in etwas Gutes zu verwandeln, als nur im Bett zu liegen und ins Kissen zu beißen?«
»Vielleicht.«
Aber er wirkt nicht ganz überzeugt.
»Nächstes Mal frage ich dich zuerst, wenn mir eine geniale Idee kommt, die etwas mit dir zu tun hat«, verspreche ich. »Ich werde dich nie wieder zum Malen zwingen.«

In der nächsten Sekunde fällt mir ein, dass es vielleicht kein nächstes Mal gibt. Ich spüre einen Kloß im Hals. Er sieht es mir an. Aber da packt ihn Max am Arm, und sie verschwinden ins Klassenzimmer.

Douglas überholt mich. Seine Stachelfransen haben sich in gewöhnliche Stirnfransen verwandelt. Sehe ich ihn jetzt zum letzten Mal? Vielleicht schauen er und Jens zu Weihnachten bei uns vorbei, um Pfefferkuchen zu essen. Der Gedanke, dass ich ihn nie wieder sehen werde, schnürt mir den Hals noch mehr zu.

Ich beschleunige meine Schritte Richtung Ausgang. Die Schultüre fällt schwer hinter mir zu. Draußen rieselt leichter Schnee. Eine dünne weiße Decke liegt auf den Bänken. Meine Schritte hinterlassen einsame Fußspuren im Schnee. Ich wende mein Gesicht zum Himmel, öffne den Mund und lasse die Schneeflocken hineintanzen.

Meine Füße tragen mich zu einem Ort, an dem ich allein sein kann. Ein Glück, dass mir Petra heute früh noch Mütze und Handschuhe aufgedrängt hat. Ich habe immer gefunden, dass sie sich zu sehr um bedeutungslose Dinge kümmert. Aber was ist, wenn diese Dinge doch etwas bedeuten? Wenn ein Teil ihrer Ansichten doch wichtig ist?

Ich eile den Kiesweg entlang und ziehe an dem schweren Eisenring. Die Kirche ist vollkommen leer. Oben an der Decke spielen die Engel, und Jesus hängt immer noch da. Ich lege mich auf eine Bank. Langsam verlässt der Krampf meinen Körper. Vielleicht liegt es ja an den Engeln. Ich habe vergessen, was Engel eigentlich tun. Trost spenden? Über einen wachen? Ich stelle sie mir gerne als Schutzengel vor. Die mir helfen werden.

»Billie?«
Ich werde aus dem Schlaf gerissen.
»Wir haben überall nach dir gesucht«, sagt Petra.
»Warum?«
Neben ihr sitzt Roya. Sie rückt näher.
»Ich habe einen Anruf erhalten, in der Aula, während der Abschlussfeier. Ich wollte es dir im Klassenzimmer erzählen.« Sie ergreift meine Hand. »Petra hat mich angerufen, stell dir vor.«
Petra nimmt meine andere Hand. »Du darfst bei uns bleiben, Billie. Das Jugendamt hat es sich anders überlegt.«
Träume ich? Ich schaue zu den Engeln hinauf. Ist es ihr Verdienst oder das aller Leute mit Plakaten auf dem Schulhof? Es spielt keine Rolle.
Wer hätte gedacht, dass Petra, die so kühl war, so herzlich aussehen kann. Mein Kopf an Royas weicher Brust, mein Ohr an ihrem Herzen.

Es dauert viel zu lange, Douglas' Wohnung zu erreichen, obwohl ich die Treppen mit Höchstgeschwindigkeit hinaufrenne. Ich drücke auf die Klinke und klopfe, schlage fest mit der flachen Hand. Hasse bereits Jens, weil er vielleicht öffnen wird, hasse sein niedergeschlagenes Gesicht, seine

hässlichen Tätowierungen. Die Tür wird aufgerissen, aber nicht von Jens, sondern von Douglas.
»Darf man reinkommen?«
Er lässt mich vorbei, schweigend. Ich ziehe meinen Computer aus dem Rucksack.
»Willst du Mama kennenlernen?«
Ich warte seine Antwort nicht ab, gehe in die Küche, klappe das Notebook auf, setze mich an den Küchentisch, als sei ich hier zu Hause.
»Sei darauf gefasst, dass sie möglicherweise lallt, einschläft oder irgendetwas Unpassendes sagt.«
Er zieht einen Stuhl heran und setzt sich neben mich. Sein Arm an meinem. Die angenehmste Haut der Welt.
Mama ist strahlender Laune. Lächelt und küsst den Bildschirm. Ich erzähle ihr, dass ich in Bokarp bleiben darf. Douglas wendet mir den Kopf zu und sieht mich an. Erfreut. Erfreut!
»Ich war so nervös«, erzähle ich Mama und Douglas gleichzeitig. »Ich habe nicht gewagt, zu hoffen. Ich habe kaum gewagt, die Leute zu mögen. Es war, als ...«, ich denke nach, »es war, als hätte ich das Gefühl gehabt, dass es keinen Sinn hat, dass sie mich richtig kennenlernen, weil ich vielleicht sowieso nicht bleibe.«
»Jetzt muss ich mir auch keine Sorgen mehr machen«, meint Mama.
»Hast du dir Sorgen gemacht?«
»Natürlich, was denkst du denn? Dass ich ein Monster bin?«

Ich stelle ihr Douglas vor. Mama begrüßt ihn fröhlich und bittet ihn, ihr von allen guten und schlechten Dingen in Bokarp zu erzählen, und diese mit Plus oder Minus zu bewerten. Er soll seinem Vater Punkte geben, das ist mal wieder typisch. Jens bekommt nur fünf von zehn möglichen.

»Aber Billie bekommt zehn«, verkündet er und nähert sich meiner Wange.

»Höchste Punktzahl«, sagt Mama. »Natürlich! Sie ist ja mein Kind.«

Danach sitzen wir dicht nebeneinander auf seinem Bett. Seine Bettwäsche ist mit kleinen wolligen Wolken gemustert. Draußen auf dem Hof kreischen Kinder.

»Seit ich Schluss gemacht habe, habe ich mindestens dreimal am Tag an dich gedacht«, sagt er.

»Ist das viel?«

»Glaube schon.«

Seine Hand berührt sanft eine meiner Flechten.

»Dein Haar ist so schön«, sagt er mit samtweicher Stimme.

22

Unter dem Weihnachtsbaum der Perssons liegen nicht so viele Geschenke. Wie sollen die nur für alle reichen?

Das ist etwas, was man sich im Stillen denkt, ohne es auszusprechen. Mama bestellt ihre Geschenke normalerweise im Internet, viele und teure. Wo sie jedes Jahr das Geld dafür auftreibt, ist mir ein Rätsel. Ich habe ihr gesagt, dass sie nicht für die ganze Familie Persson Geschenke kaufen muss, bloß weil sie in Bokarp Weihnachten feiert, aber ich bin mir nicht sicher, dass sie meinen Rat befolgt hat. Die Gefahr besteht, dass die Familie lauter Dinge bekommt, die Mama lustig findet, aber nicht unbedingt die Perssons, wie einen elektrischen Eierkocher oder einen sinnlosen Apfelschäler.

Mein bestes Geschenk habe ich auf dem Flohmarkt in der Stadt gekauft, und es ist für Petra: eine ordentliche Pelzmütze mit Ohrenklappen. Ich hoffe, sie versteht den Witz.

Um 14.10 Uhr werden wir meine megaanstrengende, geliebte Mutter in der Stadt abholen. Oma Alice und Opa Rutger kommen mit dem eigenen Wagen. Douglas und Jens auch. Sie einzuladen war nicht meine Idee, sondern die von Petra. Sie und Jens sind sich in letzter Zeit offenbar »nähergekom-

men«. Sie will ihrer Beziehung nochmals eine Chance geben. Das hat sie am Telefon zu Mange gesagt.
Hoffentlich reißt sich Jens zusammen, Douglas' zuliebe. Und hoffentlich kommt Douglas' Mutter irgendwann einmal zu Besuch. Aber lieber nicht heute. Es gibt schon genug Dinge, die schieflaufen können. Kann man Menschen beliebig zusammenwürfeln? Ist das Unmögliche möglich, wenigstens an Weihnachten? Vielleicht. Ich und die Familie Persson sind ja wohl die ungewöhnlichste Kombination der Weltgeschichte. Und wenn die klappt, dann ist eigentlich alles möglich.
Ein Päckchen, das ich schon heute morgen vorweg bekam, enthielt einen karierten Rock, den ich jetzt anhabe. Tea schmückt sich wie ein Weihnachtsbaum von Kopf bis Fuß. Ich helfe ihr, Weihnachtskugeln an den Ohren zu befestigen und Lametta um die Taille zu wickeln. Alvar weigert sich, etwas anderes zu tragen als Jeans und einen Hoodie. Ich erinnere mich, wie es war, als ich nach Bokarp kam. Da hat er sich nicht besonders oft geweigert.
Damals war vieles anders. Petra und Mange haben versucht, die beste Familie zu sein. Jetzt versuchen sie, die beste *zerrüttete* Familie zu sein. Noch nie waren sie sich so einig und haben so freundlich miteinander geredet. Alvar und Tea zuliebe. Mir zuliebe. Eigentlich ist es beknackt, so zu tun, als sei alles wie immer. Aber gleichzeitig ist es angenehm. So zu tun als ob, ist manchmal ganz okay.
Mange erzählt ganz nebenbei, dass er nach Weihnachten

mit seinem alten Kumpel Alejandro verabredet ist. »Stellt euch vor, er hat auf Facebook nach mir gesucht ...« Er zieht mich in die Küche und bittet mich, das Essen zu probieren. Alles auf dem Tisch sieht komisch aus. Da gibt es eine »Haferpastete«, eine »grüne Paté«, etwas, das immerhin wie eingelegter Hering aussieht, aber offenbar Tofu ist. »Dieses Jahr wollten wir grüne Weinachten feiern.« Hinter Mange steht Petra und nickt wichtig mit dem Kopf. Gehorsam probiere ich die Pastete und den abwegigen Hering. Denke an Mama. Vielleicht wird sie wie wild protestieren, laut lamentieren, weil es »ausgerechnet an Weihnachten!« nichts Gescheites zu essen gibt. Wir essen doch sonst immer echten Schinken, Fleischklößchen mit Rote-Bete-Salat und Sahnetorte an Weihnachten. Aber da kann man nichts machen.
»Lecker?«, fragt Mange.
»Ja«, sage ich und versuche, aufrichtig zu klingen.
Petra und er brechen in Gelächter aus.
»Entschuldige«, sagt Mange.
Petra legt mir ihren Arm um die Schultern. »Das sind nur ein paar Experimente. Es gibt auch noch die traditionellen Gerichte.«
»Genau, was denkst du bloß von uns? Glaubst du etwa, wir seien vollkommen ... far out?«
Sie haben plötzlich Humor! Endlich! Sie sind immer noch voll komisch, aber andererseits auch fantastisch. Wie viele Leute würden so jemanden wie meine Mutter an Weihnachten zu sich nach Hause einladen? Und wer würde schon

einen fremden Menschen bei sich aufnehmen, wie sie es getan haben? Keine x-beliebigen Leute. Ich jedenfalls nicht. Ich hätte niemals mich selbst bei mir aufgenommen. Eine Person, die alles auf ihre Weise machen muss und wirklich alles infrage stellt.
Aber sie haben mich aufgenommen, und sie behalten mich. Wie konnte ich mir nur einbilden, dass ich allem Neuen gegenüber aufgeschlossen sei und sie nicht?
Wir sitzen im Auto auf dem Weg in die Stadt, um Mama abzuholen, ich auf dem Rücksitz, Mange und Petra vorne. Das Autoradio ist an, und plötzlich kommt ein Rap, den ich schon eine Million Male gehört habe. Über den Text habe ich mir bis jetzt nicht sonderlich viele Gedanken gemacht. Ich singe mit, während der Bokarper Wald draußen vorbeizieht.

»Willkommen daheim!
Ich schwöre es auf meine Mutter,
jetzt bin ich zu Hause,
und alles ist in Butter.«

Die Autorin

Sara Kadefors, geboren 1965 in Göteborg, ist eine schwedische Schriftstellerin und Journalistin. Ihr Jugendbuch *Sandor Slash Ida* (2001) wurde mit dem August-Preis ausgezeichnet und ist bis heute das meistverkaufte Jugendbuch Schwedens. Seither hat die Autorin mehrere Romane für Erwachsene und Jugendliche verfasst. Im Verlag Urachhaus erschienen bereis *Billie. Abfahrt 9:42* und *Billie – wer sonst?*, ihre ersten beiden Bücher über das ungewöhnliche, temperamentvolle Pflegekind aus der Großstadt, das bei einer »perfekten« Familie in der Provinz landet. Sara Kadefors lebt mit ihrem Mann und ihren zwei Kindern in Stockholm.

Ylva Karlsson

Prinzen müssen draußen bleiben

Aus dem Schwedischen
von Birgitta Kicherer

173 Seiten, gb.

Warum sollte man ändern, was einem gefällt? So denkt die 14-jährige Josefin, die es völlig in Ordnung findet, zu dritt mit ihrer Mutter und ihrer kleinen Schwester zu leben. Sie braucht weder einen Freund, noch findet sie, dass ihre Mutter einen haben muss. Sie mag Stefan, den Neuen in ihrer Klasse, aber er soll ihr bloß nicht zu nahe kommen.
Als ihre Mutter schwanger wird und ihren neuen Partner heiraten will, gerät Josefins Welt aus den Fugen ...

Ylva Karlsson erzählt Josefins Geschichte so einfühlsam und lebensnah, dass viele Mädchen sich in ihr wiedererkennen werden.